U0023613

詹明信

Jameson

朱剛／著

出版緣起

　　二十世紀尤其是戰後，是西方思想界豐富多變的時期，標誌人類文明的進化發展，其對於我們應該具有相當程度的啓蒙作用；抓住當代西方思想的演變脈絡以及核心內容，應該是昂揚我們當代意識的重要工作。孟樊兄和浙江杭州大學楊大春副教授基於這樣的一種體認，決定企劃一套《當代大師系列》。

　　從八〇年代以來，台灣知識界相當努力地引介「近代」和「現代」的思想家，對於知識分子和一般民衆起了相當程度的啓蒙作用。

　　這套《當代大師系列》的企劃和落實出

版，承繼了先前知識界的努力基礎，希望能
藉這一系列的入門性介紹書，再掀起知識啓
蒙的熱潮。

　　孟樊兄與楊大春副教授在一股知識熱忱
的驅動下，花了不少時間，熱忱謹慎地挑選
當代思想家，排出了出版的先後順序，並且
很快獲得生智出版社葉忠賢先生的支持，能
夠順利出版此系列叢書。

　　這套書的作者網羅了兩岸學者專家和海
內外華人，爲華人學界的合作樹立了典範。

　　此一系列書的企劃編輯原則如下：

1. 每書字數大約在七、八萬字左右，對
每位思想家的思想作有系統、分章節
的評介。字數的限定主要是因爲這套
書是介紹性的書，而且爲了讓讀者能
方便攜帶閱讀，提昇我們社會的閱讀
氛圍水平。

2. 這套書名爲《當代大師系列》，其中
所謂「大師」是指開創一代學派或具

有承先啓後歷史意涵的思想家，以及
思想理論具有相當獨特性且自成一格
者。對這些思想家的理論思想介紹，
除了要符合其內在邏輯機制外，更要
透過我們的文字語言，化解掉語言和
思考模式的隔閡，爲我們的意識結構
注入新的因素。

3. 這套書之所以限定在「當代」重要的
思想家，主要是從八〇年代以來，台
灣知識界已對近現代的思想家，如韋
伯、尼采和馬克思等都先後有專書討
論。而在限定「當代」範疇的同時，
我們基本上是先挑台灣未做過的或做
的不是很完整的思想家，做爲我們優
先撰稿出版的對象。

這本書的企劃編輯群，除了包括上述的
孟樊先生、楊大春副教授外，還包括李英明
教授、王寧博士和龍協濤教授等諸位先生。
其中孟樊先生向來對文化學術有相當熱忱的

關懷，並且具有非常豐富的文化出版經驗以及學術功力，著有《台灣文學輕批評》（揚智文化公司出版）、《當代台灣新詩理論》（揚智文化公司出版）、《大法官會議研究》等著作；楊大春副教授是浙江杭大哲學博士，目前任教於杭大，專長西方當代哲學，著有《解構理論》（揚智文化公司出版）、《德希達》(生智文化事業出版)等書；李英明教授目前任教於政大東亞所，著有《馬克思社會衝突論》、《晚期馬克思主義》（揚智文化公司出版）、《中國大陸學》（揚智文化公司出版）等書；王寧博士現任北京大學英語系教授，「中國比較文學學會後現代研究中心」主任、「國際比較文學協會出版委員會」委員、「中美比較文化研究會」副會長、北京大學學報編委；龍協濤教授現任北大學報編審及主任，並任北大中文系教授，專長比較文學及接受美學理論。

　　這套書的問世最重要的還是因為獲得生智文化事業公司總經理葉忠賢先生的支持，

我們非常感謝他對思想啓蒙工作所作出的貢
獻。還望社會各界惠予批評指正。

　　　　　　　　李英明　序於台北

序言

　　西方文學批評自柏拉圖（Plato）、亞里斯多德（Aristotle）以來，至今已有兩千多年的歷史，但真正的大發展，卻是本世紀的事情。隨著現代科學技術的進步及現代主義文學的興起，現代西方文學批評理論近幾十年來新潮迭起，自俄國形式主義、英美新批評之後，各種批評新方法、新視角、新理論層出不窮，令人目不暇接。西方馬克思主義文學批評就是在這種形勢之下產生的，並很快在歐美文學理論界佔據了重要地位，其影響之大，涉及範圍之廣，是其他批評方法很難達到的。其和心理分析、女權主義、讀者批評等理論一起構成當代西方文學批評的主

流。

　　必須指出的是，西方馬克思主義文學批評儘管採納了馬克思的一些基本觀點，卻與傳統馬克思主義文學批評有本質的區別。這不僅表現在他們對古典馬克思主義有取捨修正，對庸俗馬克思主義徹底揚棄，更表現在他們的批評實踐中：當代西馬文評在挖掘深度、涵蓋廣度、批判力度上都達到了新的高度。美國馬克思主義文藝理論家弗‧詹明信（F. Jameson）就是西馬文評這個龐大複雜的文評理論流派中的一個代表。

　　作為美國西馬文評的主要人物，詹明信突出表現了當代西馬文評的特點：「深奧的馬克思主義」（sophisticated Marxism）。讀懂詹明信確實很困難，因為文學理論本身就比較抽象，此外還必須對馬克思主義哲學的發展有一定的瞭解。讀者不妨同時閱讀一下李英明先生的近作：《晚期馬克思主義》（揚智文化公司出版），相信對理解西馬文評和詹明信會有所幫助。

　　在1994年底定下撰寫任務後,筆者曾著
手做了準備。隨後因赴比利時做博士後研
究,所有資料全留在了國內,來此後重新開
始,雖然英文資料比較充實,但是國內學者
的有關研究成果卻無法加以利用,這確是一
大遺憾。另外,由於時間緊迫,書中不免疏
漏、謬誤之處,也請讀者不吝指教。最後,
作者衷心感謝生智出版社及本叢書的編委孟
樊兄,感謝他們對此書的大力支持。

朱　　剛
於魯汶天主教大學文學院

目　錄

第一章

詹明信馬克思主義文藝批評的發展軌跡

一、文藝理論家弗・詹明信簡介

詹明信（Fredric Jameson）1934年出生在美國，1954年畢業於哈佛福德學院，獲文學士學位，1956年及1960年先後在耶魯大學獲文學碩士與哲學博士學位，其間到過艾克斯、慕尼黑、柏林等歐洲著名學府研修，回國後曾執教於美國多所著名大學，如哈佛大學、耶魯大學、加利福尼亞大學，目前任教於杜克大學，是該大學William A. Lane比較文學教授、文學理論研究中心研究生部主任，同時兼任數家學術刊物的主編或編輯。

1961年詹明信出版了首部著作《沙特：一種風格的起源》（_Sartre: The Origin of a Style_），這也是他的博士論文。但是，構成他理論體系的幾部重要著作都是在近二十年間陸續問世的。《馬克思主義與形式》

（*Marxism and Form*, 1971）是他的首部力作，對馬克思主義文藝理論家盧卡奇（G. Lukacs）、沙特及法蘭克福學派的幾位代表人物進行了分析，闡述了他本人對馬克思主義及馬克思主義文藝批評的理解，奠定了他的西馬文評理論基礎，並因此被公認為美國第一位重要的馬克思主義文藝理論家。《語言的牢房》（*The Prison-House of Language*, 1972）進一步用這種方法對主導英美批評界半個世紀之久的形式主義及結構主義文評進行批判，是當時反形式主義理論中較有深度的著作。《政治潛意識》（*The Political Unconscious*, 1981）力圖用辯證唯物主義歷史地透析文學闡釋，揭示文學閱讀、文本理解中不可避免的政治性、意識形態性。1988年以文藝理論系列叢書聞名的明尼蘇達大學出版社出版了《理論體系評析》（*The Ideologies of Theory*）（上、下兩卷），這部評論集匯集了詹明信1971～1986年間發表的重要文章，從不同的角度展示了

他的一貫的文藝評論指導思想：馬克思主義是指導文學研究的理論基礎。值得注意的是，該書的第二卷從文本分析過渡到文化分析，涉及建築觀、歷史觀及後現代主義等論題，標誌詹明信理論的進一步發展。詹明信的這種文化研究集中體現在近作《後現代主義，或晚期資本主義的文化邏輯》（*Post-modernism, or, the Cultural Logic of Late Capitalism*, 1991），在書中他用一貫堅持的馬克思主義理論方法對當代西方社會文化的各個層面進行解析，建立後現代主義與當代資本主義發展的密切聯繫，並透過後現代主義的種種文化表現揭露當代西方社會的意識形態本質。

　　詹明信自七○年代樹立了理論影響之後，逐漸成為北美最重要的馬克思主義理論家、文化批評家之一。他的理論涵蓋面廣，有哲學深度，把馬克思主義原理與西方文化結合得頗為成功，所以被視為是六○年代馬克思主義文藝批評興起之後的新的高峰（參

考書目11，p.ix）。具體地講，詹明信的成功
依賴於他獨特的研究目的、研究目標與研究
方法。

二、詹明信的理論研究特色

　　詹明信的馬克思主義之所以有理論價
值，在西方文藝批評中佔有重要地位，主要
因爲他的理論具有鮮明的特色，概括起來有
以下幾點：

　　首先，詹明信把馬克思主義與文學研究
相結合，並且把文學批評以及宣傳馬克思主
義作爲理論研究的唯一目的（參考書目11，p.
xxvii）。他以馬克思哲學爲指導，提倡文學
研究更多地關注人及他的生存狀況，把文學
現象與人類歷史進程相聯繫，使文學批評擔
負起了一種歷史責任。而處於動盪的六〇、
七〇年代的西方知識群體當時正迫切需要了

解馬克思主義，作爲改造社會的思想武器。詹明信把文學和馬克思主義相結合的作法，正適應了時代的歷史要求。

其次，詹明信汲取了馬克思主義的精華作爲指導文學研究的綱領。他繼承了黑格爾（G.W.F. Hegel）以及馬克思的辯證統一思想，反對把文學文本作爲「自足體」孤立地進行賞析，或把文藝理論作爲封閉體系，只局限在「審美層面」或「文學性」上。他主張把文學現象放入產生這種現象的具體社會中，探索雙方內部的複雜關係，恢復馬克思倡導的文學對社會的反映、改造功能。這種主張爲文藝學提供了新的研究空間，與六〇年代興起的反形式主義思潮是一致的。

在吸收馬克思主義精華的同時，詹明信又對傳統馬克思主義進行取捨改造。他公開批判庸俗馬克思主義文學批評方法，這不僅因爲西方知識界對以史達林主義爲代表的庸俗馬克思主義懷有深刻的敵意，也因爲以庸俗馬克思主義指導文學創作研究，往往導致

文學作品政治化、文學批評蠻橫化，引起文學創作研究的萎縮。詹明信認為，馬克思主義不等於狹隘的經濟決定論，文學作品反映的也不是無休止的階級鬥爭。相反地，應當把馬克思主義看作是一種世界觀、一種方法論，用來指導具體的文學研究。這意味著，馬克思主義必須尊重文學藝術的獨特性和自主性，用實事求是的態度對作品進行歷史地、客觀地、周全地分析。

基於對馬克思主義的這種認識，詹明信提出了自己的研究方法。首先，他承認文學批評各家各派的存在自由，拋棄庸俗馬克思主義那套貼政治標籤式的做法。其次，他尊重各家之說的合理之處，承認它們在各自涵蓋的領域內有獨到的見解，對整體把握文學藝術有各自的貢獻，甚至對像新批評這種政治上保守的批評理論也承認它存在的合理性。但是，承認它們的合理存在並不等於認同了它們的觀點。詹明信認為，文藝闡釋是用一定的闡釋代碼對文學文本進行重新「寫

作」，而迄今一般文學闡釋的問題就在於沒
有充分認識到文學最終是社會文化現象，因
而在進行闡釋時，涉及的只是社會之一隅而
沒有反映社會的整體性，所以或多或少在認
識論上都有局限（參考書目11，p.149）。馬克
思主義正是在這方面顯示出優越性，提供了
對「歷史」唯一全面的認識，因此是一切文
學理解的基礎。這裡，詹明信把馬克思主義
作為一種認識論、方法論，用來指導文學研
究，而不是作為具體的批評流派。這麼做的
好處是可以避免傳統馬評的「標籤」式做
法，不對各家各派做準確性、有效性等價值
判斷，而把重點放在探討各流派的內部結構
上，透過比較，與各流派建立起平等對話關
係，在對話過程中用馬克思主義對對方進行
觀照，揭示其內部的矛盾以及局限。這就是
下面所要談到的「後設評論」（metacom-
mentary）的批評方法。

　　這種闡釋方式不僅體現在文學文本的解
讀中，也反映在詹明信近期對大文化的研究

上。他認為，六〇年代以來，資本主義在近期發展中把影響範圍逐步擴大到人類社會的一切領域，而資本主義經濟基礎的本質仍未改變，仍然可以用馬克思主義對西方後現代社會進行剖析，以期重新恢復人們已經被「物化」、麻木了的判斷能力（參考書目11，p.xxiii）。詹明信的這種努力無疑與當代後結構主義學術思潮是一致的，因此受到理論界的重視。

詹明信的這些理論特點固然和當代西方馬克思主義的發展、學術思潮的演變有密切聯繫，也是他本人內心一種「使命感」的驅使所致。至少可以這麼認為，正是這種「使命感」才使詹明信走上了馬克思主義文藝研究的道路，並發展出自己獨特的研究風格來。

三、詹明信的使命感

　　詹明信的使命感首先來自他對馬克思主義的真誠信仰，而這種信仰面對的卻是這樣一個嚴酷的事實：馬克思主義在西方正面臨前所未有的危機。

　　本世紀馬克思主義在西方的影響經歷了幾次大的起伏。第一次高潮出現在三○年代，當時經濟大蕭條席捲整個歐美，貧困化的加劇與階級對抗的升級導致西方社會嚴重的政治危機。這個時期馬克思揭示的資本主義社會的各種弊病得到了充分的暴露，使越來越多的人轉向馬克思主義，尋求消除社會弊病的良方。如在美國，共產黨成為合法政黨之後，黨員人數在1939年達到七萬多，並獲得黨外百萬選民的支持。但隨著經濟的復甦，美國政府對「紅色恐怖」採取的高壓政

策，加上知識分子對蘇共史達林主義的失望
與不滿，共產黨的影響日益低落，到了五〇
年代中期已近消失。當六〇、七〇年代新的
政治危機來臨，知識階層急切需要思想武器
之際，傳統馬克思主義理論已經顯得力不從
心，無法適應當時的政治形勢，因此當時激
進的知識群體反而忽視了它的存在（參考書
目17，pp.1～5）。在這種情況下，以宣傳馬克
思主義為己任的詹明信倍感恢復馬克思主義
歷史地位的必要性與急迫性，以用來揭示現
代資本主義社會的可怕現實，說明改變這種
現實的可能性，以及勾勒未來更加合理的人
類社會。

　　但是，詹明信不是職業政治家、哲學家
而是美學家，他要做的是把馬克思主義的真
理與審美實踐相結合，透過改造審美實踐活
動來改變人們的文化活動，進而去改變人們
的社會活動。在文學理論領域裡，詹明信仍
然面臨嚴峻的形勢。三〇年代隨著馬克思主
義群眾運動的興起，馬克思主義文評也有很

大發展，成為當時美國主要文評流派之一。
這段時期的馬評雖有影響且頗有成果，卻有
嚴重的缺陷，即以經濟基礎決定論為特點的
庸俗馬克思主義在文評中盛行，將經濟水
準、意識形態、階級鬥爭等社會學範疇直接
用來觀照文學作品，對作品進行機械實證，
結果大大降低了文學的審美性，反而有助於
「新批評」這種形式主義文論的發展。馬克
思主義文評遇到的另一個挫折來自它在蘇聯
的實踐。史達林提倡「無產階級文學」，要
求文學為黨的事業服務，文學家須有「客觀
黨性」，文學批評要講階級立場。在當時的
歷史環境下，這些要求是可以理解的，但遺
憾的是，在實際執行這些要求中卻造成了嚴
重的後果。

　　首先，文學被要求精確地反映現實，直
接應用於現實政治鬥爭，從而忽視了文學創
作的特殊性。

　　其次，文學反映的又不應當是全部的現
實，而只是最能服務於意識形態的那部分現

實，所以四○、五○年代的蘇聯文學創作、
文藝理論不乏形式雷同、內容虛假之作。更
爲嚴重的是，這種創作思想被蘇聯官方訂爲
文藝學準則，與此不符的藝術實踐一概被斥
爲「反動」而遭一棍打殺。當時負責意識形
態的日丹諾夫（A. A. Zhdanov）實行的文
化高壓政策引起西方知識界的強烈不滿。在
詹明信看來，把文學批評變成政治宣傳，這
樣的文藝理論過於教條，說教太重，缺乏理
論深度，並沒有眞正反映馬克思主義文藝思
想的精髓，不屬眞正的、學術上的研究探討，
與知識界的距離太大（參考書目13，p.ix）。

　　最後，傳統馬克思主義文學理論採用的
大多是發生學（genetic）的研究方法，側重
於解釋文學的產生和演變過程，對藝術主體
本身的存在狀態，文學藝術反映的心理世界
觸及甚少，因此這種批評方法很難解釋複雜
的現代及當代文學現象，無法跟蹤現代及當
代文學的發展。這一點至少表現在兩個方
面：在文學創作上，傳統馬評很難深入分析

西方現代主義，後現代主義作品，因爲這些
作品或者返回人的內心活動本身，或者反映
瑣碎無聊的客觀現象，難怪盧卡奇便把現代
主義文學一筆抹殺，而醉心於更早的現實主
義作品；在文學理論上，如果固守發生學批
評方法，便很難跟蹤當今文藝理論的發展趨
勢，即深入文學文本內部，把外部社會批判
和內部審美研究辯證地相結合。此外，如果
把傳統的馬克思文藝思想作爲價值判斷標
準，也很難和現、當代形形色色的西方文學
理論流派形成對話，只可能重蹈舊日傳統馬
克思主義文評主觀武斷的覆轍。最後，詹明
信對發生學研究方法本身也存有疑慮，因爲
這種方法依據的是讀者的意識作用，把文學
的過去、今日、未來歷史地聯繫在一起進行
思考，但是當今的後工業化資本主義社會意
識形態已經基本上摧毀了人們的這種歷史感
知能力，一切現實都已經被神秘化、物質化
了，人們再也不可能隨心所欲地去體驗現
實，把各種體驗有機地構成一個整體去感知

它，因此，馬克思主義文評也應當適應這種新的歷史形勢，使用新的文學闡釋方法（參考書目13，pp.xvii～xviii）。

　　正因為以上的嚴酷現實，才使詹明信產生一種緊迫的歷史責任感。作為馬克思主義者，他感到有責任「改造」傳統馬克思主義及馬克思主義文評，使其繼續承擔起歷史所賦予的重任。這種責任感所伴隨的便是一種神聖的使命感，促使他利用馬克思主義文藝學說來打破當今資本主義社會所造成的神秘化，揭露商品化社會的背後所掩蓋的黑暗與不公正，使扭曲了的社會現實恢復本來面目。這也正如詹明信在一篇文章的結尾所言，作為馬克思主義文學理論家，不能像芸芸眾生那般渾渾噩噩地度日，而是有義務把現實的真相告訴世人，引導他們去追求更加完美的社會形式（參考書目12，p.132）。要完成這個歷史使命，最重要的當然是恢復馬克思主義的權威性。

第二章
詹明信的馬克思主義觀

一、詹明信對傳統馬克思主義理論的繼承

馬克思主義在西方的坎坷經歷，除了上述外部、內部原因之外，與馬克思主義理論本身也有直接關係。西方傳統文化的顯著特徵之一就是多元性（pluralism），以個人為中心的自由主義佔主導，提倡各種「主義」的自由發展，各種思想的平等交流。但這種相對主義唯獨對馬克思主義是例外，主要因為馬克思主義雖然也是一套哲學體系（一種「主義」），卻與其他思想體系有本質的區別：它不認為自己是一種純粹的思維活動，因為自足的、純粹的思維活動並不存在，一切思維都具有歷史性、物質性，都是現實生產活動的結果，在它的背後都有明顯的階級烙印（參考書目13，pp.160～161），換言之，馬克思打破了思維活動的中立性、封閉性、

自娛性，把它和歷史社會現實聯繫在一起，揭示了它所隱含的階級本質，所以令各個時期的統治者感到不快。

　　詹明信一貫堅持的就是馬克思主義的這個核心：每一個特定的社會階段都有與之相對應的經濟生產與物質交換的主導模式，並由此產生一定的社會結構，這一切構成了這個社會的經濟基礎，只有從這個經濟基礎出發，才能理解與之相對應的政治思想史。把馬克思《共產黨宣言》中的這個基本觀點用於觀照文學，就產生了馬克思主義文藝學的基礎：文學創作與文學批評雖然是人的意識活動，卻是具體歷史環境的產物，反映的也是人們在這個歷史環境中的相互關係，是人們社會實踐活動及改造社會的努力的一個組成部分（參考書目21，p.734）。當然，詹明信並不主張文學活動等於經濟生產，儘管雙方在結構上有很多的相似之處，但並不可以靜止、孤立地進行結構類比。不過，抓住了文學與社會歷史的密切關係，就等於抓住了馬

克思主義文藝思想的根本。

與上述之馬克思「社會存在決定社會意識」概念相聯繫的另外一個重要概念，就是「整體性」（totality）。所謂「整體性」，是要求看待分析事物時要全面地、整體地考察它和一切與它有聯繫的其他事物間的相互關係，防止片面的、孤立的、絕對化的理解。落實到文學研究，就是要把文學現象放入產生它的社會歷史現實中，探討現實中和它有關的一切因素，而不像形式主義文評那樣只看文學形式本身。「整體性」是馬克思主義的基本思維方式，馬克思主義美學家盧卡奇曾大力提倡，詹明信也是非常贊同的（參考書目12，p.119）。

馬克思主義整體觀中包含的一個重要原則就是「唯物主義」，也就是說，考慮問題要從實際情況出發，防止主觀唯心地妄下判斷。爲了防止片面理解「唯物主義」，詹明信特別強調馬克思主義唯物論與非馬克思主義唯物論的區別：一般的唯物主義並不等於

馬克思主義，因為它本身是十八世紀資產階級啓蒙運動的產物，而且和十九世紀實證主義聯繫密切，強調的是對物質的崇拜，實際上是一種物質決定論。問題的關鍵是，這種物質是單個的、孤立的而不是相連的、「整體」的物質，所以這種對「物質」的追求本質上還是唯心的（參考書目11，p.69）。詹明信堅持的馬克思主義唯物論是辯證唯物論與歷史唯物論，把物質看成社會的物質，最終受到生產方式的制約，因此，決定文學審美特徵的不是形式主義竭力顯示的種種所謂「文學性」的存在，而是構成一個社會生產方式的各種社會存在的總和。

　　馬克思主義唯物論的一個特點就是辯證性。「辯證」地看待問題，就要考慮到問題的各個方面，尤其是它隱含的對立面，把這些方面有機地聯繫在一起，全面揭示問題的實質。詹明信和其他當代西方馬克思主義美學家對這一點非常重視，因為揭示文學文本中隱含的對當代意識形態的抨擊正是文學的

主要社會功能之一，也是當代西方馬克思主義文學理論戰鬥性之所在。這一點後面還要詳細談到，這裡我們僅想說明，詹明信對辯證法的堅持不僅表現在文學批判性方面，而是作為一種方法論貫穿整個文學研究之中。

試舉一例，法國美學家巴爾特（R. Barthe）在名著《S/Z》中把資產階級以自己的標準改寫社會政治史的方式稱為「自然法」（naturality），即資產階級利用語言這個貌似「自然」的媒介使它所表達的意義也成了毋庸置疑的「自然」現象。換句話說，資產階級從語言表達的意義中抹去了意義原來具有的非自然屬性，巴爾特借此揭示資產階級欺人障目的手法，批判「自然化」的意識形態性。詹明信並不否認巴爾特語言分析中的辯證思維，但並不完全贊同他的結論，因為巴爾特沒有把辯證思維進行到底。在巴爾特的結論中，似乎「自然化」這種現象絕對是一種反動、錯誤的作法，意識形態也總是一種誤導的工具，這其實是唯心的、非辯

證的看法，沒有把「自然」觀放入不同的社會現實中進行考察，看不出其中可能會蘊含的進步成分。如在資產階級批判封建階級的虛偽性，爲資產階級革命做輿論準備時，「自然」觀就是有力的武器（參考書目11，pp. 60～62）。

　　用馬克思主義辯證法觀照文學，首先碰到的問題之一就是內容和形式的關係。傳統馬克思主義主張內容／形式兩分法，馬克思本人提倡辯證地看待雙方的關係：形式是內容的產物，又可以反過來對內容產生影響。從整體上來說，內容與形式相互依賴不可分離，但從本質上來說，內容最終決定形式，因爲作品內容首先來自社會的「內容」，即社會的生產關係、生產方式。雖然馬克思的這個看法曾一度被庸俗馬克思主義曲解爲「內容決定論」，但傳統馬克思主義還是一直堅持內容／形式兩分法的。如盧卡奇就指出，抽象的內容是不存在的，一切內容都具有一定的形式。爲了糾正庸俗馬克思主義否

定文學形式的形而上學看法，盧卡奇對形式
做了深入研究，認爲形式和內容一樣，同樣
反映意識形態，表現作品對現實的認識。例
如，小說這個文學形式在十八世紀英國的興
起，就反映了當時社會意識形態的變化：從
浪漫主義轉向日常生活，從超自然現象轉向
個人心理，從誇張想像轉到凡人不尋常的生
活經歷。這些興趣的轉移和當時正在上升的
資產階級力圖打破舊的貴族文學傳統是一致
的，正好爲小說這個新的文學形式的產生奠
定了基礎。又例如文學自然主義，反映的是
十九世紀後期資產階級革命性逐漸消失，把
社會現狀當做既存事實接受下來，所以就產
生出了像左拉（E. Zola）那樣只專注表面
細節，不顧總體意義的小說家（參考書目9，
pp.24～30）。

　　詹明信不一定完全贊同盧卡奇的這種分
析，但對他的內容／形式觀是支持的，突出
地表現在他對俄國形式主義、英美新批評等
當代形式主義文學思潮的批判上，認爲他們

鑽進了「語言的牢房」，做了形式的俘虜。形式主義文學批評認爲作品的故事情節是文學的異質成分，技巧手法代表的才是眞正的「文學性」。詹明信則把敍事情節區別於偶然的生活事件，前者來自後者，但卻比後者具有更爲豐富的含義，因爲敍事情節是具有「形式」的生活事件。例如，一般的哭泣只是簡單地表示感情流露，但在文學作品中，「哭泣」被置於一定的情境之中，與其他事件有複雜的關係，並且透過一定的文學方式獲得表現，所以便具有深刻得多的含義。

文學內容之所以重要，因爲它是文學性和社會性的辯證統一，表現了文學作品中社會歷史境況對人的思想的影響，同時也反映了人們對歷史境況的反應。而非馬克思主義世界觀正是在這一點上顯示出它們認識上的局限，反映在文學批評中，就是以種種藉口逃避文學的社會屬性，或者用某種似是而非的手法抽掉文學的社會性。詹明信以馬克思主義對各種文學思潮進行分析時，也常常指

出它們的這種局限性。如法國結構主義批評
家李維斯陀（C. Levi-Strauss）在對希臘神
話奧底帕斯進行分析時，揭示出這個神話中
隱含四種情節類型（亂倫、家庭謀殺、畸形、
怪獸），由此產生出兩組二元對立結構：親
緣關係（過分估計／估計不足）和人與自然
的關係（成功解脫／解脫失敗），這些最終
表明的是親緣體系與自然觀的矛盾。據此李
維斯陀認為奧底帕斯神話表達了古希臘人觀
念上的一個難題：人究竟是來自自然還是生
於父母，這個難題就是這個神話的深層意
義。至於神話的最終含義是什麼，李維斯陀
認為是創造出神話各種意指的「精神」，詹
明信不否認李維斯陀對神話所做的精采的結
構主義分析，但對結構主義方法最終把作品
拉回到形式、語言、敘事本身提出了疑問，
因為作品畢竟是來自社會現實，神話反映的
真正的二元對立關係應當是自然與文化、文
化與社會的關係，而不是文字、詞句等語言
單位內部之間的「純」聯繫（參考書目16，

pp.197～201）。

　　但是，馬克思主義的現實觀並不簡單地等於回到社會現實，這裡牽涉到如何看待社會現象的問題。馬克思主義主張用對立的、辯證的、發展的眼光看待現實，反對用孤立的、片面的、靜止的態度對待現實。盧卡奇在談到康德（I. Kant）的「本體困惑」時，指出這種困惑（即本體可以認識一切外部現實，卻無法認識其客觀存在本身）是來自於康德形而上的思維方式，把現實看作孤立的現象來認識，而不是作為歷史現象從整體上加以研究，結果只會曲解現實。詹明信對盧卡奇的看法表示贊同，因為文學批評正是透過種種表面的社會現象揭示現實存在的本質。這一點在當代尤為重要，因為詹明信認為，在當今資本主義社會中，日常生活的一切都已經被物質化了，被無情地壓入地下，成了真正的「潛意識」，馬克思主義文藝批評有責任揭穿這種虛假的社會現實，還它的本來面目（參考書目14，p.280）。

正確理解社會現實，正確認識社會現象之間的相互聯繫，其意義還在於正確理解歷史。馬克思主義強調歷史現實的重要性，但是強調歷史現實本身並不等於馬克思主義。詹明信多次指出，馬克思主義所說的「歷史」，不等於資產階級的各種編年史，因為後者表現的是資產階級歷史觀。它同時也不等於紛雜的歷史現實，因為純粹的歷史事實本身並不說明任何問題。馬克思主義歷史觀強調的是從生產方式、階級鬥爭的角度，從整體上辯證地把握歷史事實。這裡，詹明信對文學社會學歷史觀的批判頗能說明問題。社會學也把文學、文化現象與社會歷史現實進行平行比較，使用社會群體、社會階層等概念，也論及經濟因素，但它與馬克思主義的區別在於前者的歷史分析中缺乏整體性、辯證性，僅僅滿足於「反映論」（參考書目13，p.376）。馬克思主義並不認為歷史等於歷時現象的累積，而是側重共時現象之間的相互關係，以及歷時現象之間的相互包容、

相互影響、相互鬥爭。任何歷史時刻都是同一性和差異性的結合體，是過去、現在、未來的綜合表述（參考書目12，pp.172～175）。例如，文學現代主義是對現實主義的一種反動，但它本身又含有現實主義的一些因素，而這些因素在現代主義的進一步發展（後現代主義）中又重新得到全新的表現。至於庸俗馬克思主義歷史觀，詹明信自然是竭力反對的，尤其是生搬硬套馬克思的經濟發展模式來劃分文學發展史，則是典型的唯心主義形而上的歷史觀。

　　作爲一名馬克思主義者，詹明信繼承傳統馬克思主義是十分自然的，但是，詹明信卻不願意做傳統的馬克思主義者。這並不是因爲傳統馬克思主義在西方社會名聲不佳，往往使人聯想到庸俗馬克思主義和史達林主義，更重要的原因是，在西方六〇年代經濟政治危機時傳統馬克思主義本身也面臨危機，表現在它的許多觀點（如階級分析理論、階級鬥爭理論）很難適用於當時的社會

歷史現實，所以傳統馬克思主義很難介入這場政治鬥爭，提供它理應能夠提供的思想武器（參考書目13，p.208）。正是這個原因，促使詹明信在堅持馬克思主義基本原理的同時，用更大的熱情對傳統馬克思主義的許多觀點作出了新的解釋，也正是這種「新」馬克思主義觀才使詹明信的批評理論在今日歐美理論界佔有重要位置。

二、詹明信對傳統馬克思主義理論的修正

　　與其他西方馬克思主義理論一樣，詹明信的馬克思主義也不是傳統馬克思主義的簡單延續，而是根據西方社會新的歷史境況，用馬克思主義原理進行觀照並在與其他西方學術思潮進行對話當中逐漸形成的「新」馬克思主義。他對傳統馬克思主義理論做了「修正」，也是起於對傳統馬克思主義的歷

史反思。詹明信認為這樣做是有理由的，依據的正是馬克思主義的原理。馬克思主義認為，人的社會存在決定人的社會意識，這種社會意識反映的也必然是人的社會存在。因此，不同的社會經濟制度、政治制度、社會環境就會產生不同的思維觀念，不同的社會歷史境況下也便會產生不同的馬克思主義。從這個意義上講，「馬克思主義」這個詞應當是複數形式，正像現實中存在蘇俄馬克思主義、第三世界馬克思主義，而西方馬克思主義就是西方知識分子運用馬克思主義原理對由西方壟斷資本主義造成的獨特的社會問題進行理論探討的結果。因此，不存在所謂「唯一正統」的馬克思主義，否認這一點就不是馬克思主義者。但是馬克思主義的基本原理則來自馬克思本人的思想體系（Marxian System），所以應當是單數形式。馬克思主義文藝批評應當著重運用馬克思主義的基本原理，而對於馬克思本人的一些具體提法，則由於歷史境況的改變必須加以重新認

識，這樣才能更好地把理論和實踐相結合（參考書目13，p.xviii）。這麼做並不是說明馬克思主義已經過時應當拋棄，而是對馬克思主義的繼承和發展。

現在西方社會和本世紀初期西方社會的不同之處，在於資本主義發展階段的不同，這是詹明信對資本發展考察之後得出的結論。他把資本的發展變化分為三個時期：馬克思時代的古典市場資本主義；列寧時代的壟斷資本主義；及二次大戰後的國際資本主義（參考書目11，p.67）。壟斷資本主義時期，隨著資本主義政治、經濟危機的持續發展，社會矛盾不斷加深，階級衝突愈演愈烈，大規模的群眾運動不時出現，傳統馬克思主義理論基本適用於當時的形勢。二次大戰之後，西方社會發生很大變化，隨著國家政權大量介入社會政治經濟活動，西方社會成了一種「由人工技術操縱的具自我調節力的社會組織方式」（參考書目24，p.85），國家政權可以憑藉這種方式透過各種手段來預防平

息階級對抗，隱化消解社會矛盾，甚至西方
知識分子特有的獨立批判精神也逐漸被這種
「自然化」的大衆社會所同化了。即使是在
六○、七○年代的反文化運動中，傳統馬克
思主義的許多觀點也顯得陳舊，沒有被知識
階層廣泛採用。

　　在談論詹明信對傳統馬克思主義的修正
之前，有必要提一下他對庸俗馬克思主義的
批判，因爲傳統馬克思主義與西方知識界的
隔閡首先是庸俗馬克思主義造成的。後者誇
大了馬克思的經濟基礎決定論，把文化領域
的一切現象都看作是經濟基礎變化的直接反
映，把文化發展史與經濟發展史簡單地合併
爲一一對應的線性關係。這一點在庸俗馬克
思主義對文學作品的分析中最明顯。例如，
把艾略特（T. S. Eliot）的名詩〈荒原〉解
釋爲意識形態和經濟發展的直接結果。壟斷
資本主義在第一次世界大戰中發生了總危
機，由此產生資產階級觀念上的危機，體現
在資產階級小知識分子的精神空虛和無聊頹

廢上，〈荒原〉就是這種精神危機的反映。
這樣的解釋作為一家之說當然無可厚非，但
如果當作文學批評的俗套則過於狹隘，因為
它只觸及了〈荒原〉的一個方面，而不是它
的全部。如它對艾略特生活的社會環境、對
當時英國具體的政治經濟狀況、對〈荒原〉
的表現形式和語言特點等等都隻字未提（參
考書目9，pp.14～15）。在西方馬克思主義者
看來，這種直接反映論是對馬克思主義的曲
解。

　　馬克思雖然把社會結構的各個層次看作
一個整體，但是每個層次都有自己的發展節
奏，有一定的獨立性。它們最終之所以能構
成整體，是因為各層次之間存在著「媒
介」，造成相互間的溝通、轉化。詹明信認
為，庸俗馬克思主義正是忽略了藝術作品和
經濟發展之間的一大批「中介」。這種忽略
往往造成文學批評的簡單粗暴。如史達林時
代主管意識形態的日丹諾夫就認為蘇聯女詩
人阿卡瑪托娃（A. Akhmatova）的詩題材

狹窄、內容單調、格調低下，和蘇聯的社會
主義現實毫不相干，只會毒害青少年，並把
她稱作舊制度留下的殘渣餘孽（參考書目4，
pp.519～520）。這種批評方式只會引起西方
學者的反感。作為對庸俗馬克思主義的糾
正，詹明信和西方馬克思主義者都強調文學
藝術的相對獨立性，重視藝術和其他層次間
的差異，以及文學藝術和經濟發展的「中
介」層。

　　西方馬克思主義是在對傳統馬克思主義
進行再思考，在否定庸俗馬克思主義的基礎
上產生的，而文學藝術是他們理論建構的重
要領域。但是西方馬克思主義歷史跨度較大
（至今已有半個多世紀），各成員的理論也
有差異，作為其中的一員，詹明信對其他西
馬文評是有取捨的。例如，他對西馬的理論
先驅盧卡奇的中介論、辯證觀、歷史觀很贊
同，但也指出，盧卡奇在竭力擺脫庸俗馬克
思主義的同時，也不時表現出後者的一些傾
向。如他在評論現代主義文學思潮時，就認

為它「頹廢」，把它和法西斯歸為一類，這
是典型的政治標籤式批評。他認為現代主義
抽掉作品的具體內容，逃避時代現實，也是
一種唯心的看法，因為詹明信認為文學不可
能不反映現實，只是在某些情況下（如現代
主義）這些反映隱藏得更深罷了（參考書目
12，p.138）。此外，對法蘭克福學派利用馬
克思的批判學說發展起來的文藝否定理論，
詹明信也持有疑義，因為七〇年代之後，至
少在美國現代主義的反文化衝擊力已經大
減，具有公開反叛精神的現代文學已逐漸為
消費社會吸收同化，因此，對當代文學需要
有新的理論探討（參考書目11，p.177）。

　　但是詹明信認為，不論是庸俗馬克思主
義的失誤還是西馬的理論局限都不說明馬克
思主義過時，作為正確認識客觀世界的基
礎，它仍然對評價當代資本主義、後現代西
方社會，尤其是當代西方文學藝術具有指導
作用。要發揮這種指導作用，首先要使馬克
思主義跟上時代的發展。法蘭克福學派以

「批判理論」作為對馬克思主義的新發展。
馬克思認為，無產階級在與資產階級的鬥爭
中會形成階級意識，自發地從批判的角度面
對資產階級社會，以便把它改造成更加合理
的社會。法蘭克福學派發展了這個思想，認
為馬克思的許多重要觀念「都是在批判途徑
制約下形成的範疇」，旨在揭露消除社會弊
端，改造社會結構。在文學領域裡，法蘭克
福學派重視文學的否定批判功能，阿多諾
(T. Adorno) 就把自己的美學觀稱為「否
定美學」 (aesthetics of negativity) ，以
突出文藝的揭露批判作用。法蘭克福學派的
這種主張在六〇年代的學生運動中曾受到知
識界的重視，具有相當的影響力。但正如上
文所說，西馬的否定美學最適於解釋現代主
義文學，對古典文學和後現代主義文學則顯
得有些牽強。這倒不是因為後者中沒有對意
識形態的思考，而是這種思考埋藏得更加深
刻，表現得更加隱蔽。為了更好地顯示文學
的批判本質，詹明信提出了「意識形態素」

(ideologeme) 的概念。

　　詹明信把「意識形態素」定義爲「社會階級之間基本上是敵對的集體話語中最小的意義單位」（參考書目14，p.76），作爲抽象的意識形態觀念和文本敍事之間的中介，使前者在文本中得到體現。也就是說，「意識形態素」代表了文本中一個階級對另一個敵對階級的批判和否定，「最小的」意思是可以被辨認得出的。在文學文本中，它指的是作品對社會矛盾的反應，尤其指作品中隱含在深層的批判性思考，馬克思主義的任務就是重建這個「意識形態素」並探討它產生的原因和發揮的作用。舉個簡單的例子，英國十七世紀詩人彌爾頓（J. Milton）的史詩《失樂園》裡有一個衆所周知的矛盾：他既想證明上帝對人類的公正，卻又把上帝描寫成迫害人類的暴君。西馬哲學家阿杜塞（L. Althusser）曾把這個矛盾稱爲「意識形態沉默」，表明虔誠的清教徒不理解爲什麼反抗理查一世暴政的英國資產階級革命會不受

上帝的青睞（參考書目21，p.736），而這就是
詹明信所稱的「意識形態素」，反映當時人
們對這個矛盾的思考。

　　說到「意識形態素」，不能不談對意識
形態本身的理解問題。意識形態觀是馬克思
提出的重要概念，首次出現在〈德意志意識
形態〉一文中。馬克思本人對這個概念沒做
過較爲全面的解釋，後來的馬克思主義者對
它概括出三個性質：衍生性、次要性、虛僞
性。意識形態反映對世界的整體概念，對社
會的具體看法，屬於上層建築，反映的是與
之相對應的經濟基礎並受後者的制約，因此
說意識形態產生於經濟基礎並在重要性上次
於後者。但是，這種從屬地位並不等於意識
形態不重要，它的第三個性質「虛僞性」正
顯示了馬克思主義的批判性。馬克思認爲意
識形態非常重要，它由統治階級制訂並透過
國家機器向被統治階級進行灌輸，反映的是
統治者的立場觀點，並竭力讓它成爲客觀眞
理或既定事實爲被統治者認可，使後者毫無

反抗地全盤接受這個「事實」。概言之，意
識形態是統治者有意製造的神話和謊言，目
的是爲了加強統治，因此恩格斯(F. Engels)
說：「意識形態代表錯誤意識」。（參考書
目22，pp.11～14)文學藝術對世界的反映直
接受時代意識形態的影響，並且也是對意識
形態的反應。法蘭克福學派抓住文學和意識
形態的這種關係，發展出一套社會批判理
論。如馬色瑞（P. Macherey）認爲作品對
意識形態的反映包含在它的未明言之處，它
之所以對某些現象保持「沉默」，因爲這些
現象正是意識形態要竭力掩蓋的缺陷，是不
「允許」作品對此說三道四的。所以評論家
要透過作品裡的意識形態「空白」來挖掘出
其中被掩蓋了的矛盾衝突，顯示出作品對意
識形態的挑戰，引導人們更清楚地了解意識
形態的眞實面目（參考書目9，p.35）。伊戈
頓（T. Eagleton）的解釋更加直截了當：
文學創作和文學批評具有意識形態性，這本
不奇怪，因爲上層建築充滿意識形態，可悲

的卻是這種意識形態性被加以僞裝，用來欺人，而被欺者還無法識破它（參考書目9，p. 196）。

　　詹明信繼承了法蘭克福學派的意識形態批判，但在此基礎上他又提出了一些新的理解。首先，他把意識形態等於統治階級偏見這個傳統的馬克思主義定義擴展爲一切階級的偏見（伊戈頓也有此見），即一切階級出於本階級的利益都會在一定的程度上曲解現實，都會有意掩飾自己的缺陷。文學創作、文學批評也不例外，在批評他人偏見的同時，本身也含有偏見。他在〈文本的意識形態〉（The Ideology of the Text）一文中就具體分析了後結構主義文本觀的一些局限，而他的最重要的批評論文集也叫做 *The Ideologies of Theory*（前文譯做《理論體系評析》，這裡的ideologies旣指各種理論觀點，又指這些觀點中包含的意識形態）。詹明信對意識形態觀的另一新見在於上文所說的意識形態的肯定意義，即一切意識形態都

具有烏托邦性，使個人產生歸屬感、集體感，減少焦慮和不安全感，並給人以希望，讓人產生樂觀。詹明信認爲從這個角度可以更充分地理解資本主義後現代社會的意識形態本質。

　　把意識形態和「意識形態素」作爲階級對話的產物，便牽涉到詹明信對「階級」這個馬克思主義的重要範疇的理解。首先，他把馬克思的階級概念和一般社會學研究中的社會階層相區別。馬克思的階級概念建立在生產關係的基礎之上，各階級之間既相互聯繫又相互鬥爭，因此，馬克思的階級分析根植於歷史，在社會結構的分析中「顯示出武器般的價值和作用」。社會學中的階級則只是指一定的經濟文化圈，是自足的文化現象，對階級的分析也是孤立、靜止的，因而不可能觸及社會現象的本質。正因爲階級概念是關係性的概念，所以階級也才會有「進步」／「反動」之分，但即使這種區分也是分析性的、相對的，而不是絕對的、價值判

斷性的。例如十八世紀的中產階級旣可以是
進步的（代表上升階級），也可以是反動的
（代表必將沒落的階級）。代表階級的個人
也沒有絕對的進步或反動之分，而是要根據
看問題的視角和距離做辯證的考察。法國作
家巴爾扎克（H. de Balzac）旣反動（反映
沒落階級的意識形態）也進步（遵循現實主
義創作原則），俄國作家托爾斯泰（L. Tol-
stoy）也如此（宗敎的鼓吹者加革命的預言
家）。

　　最重要的是，詹明信認爲馬克思主義階
級觀是一種思維比喻方式，一種科學分析的
方法，來表示個人所屬的群體及群體在社會
整體結構中的位置，而不是供人貼政治標籤
的價值判斷，不應當不顧具體歷史境況生搬
硬套。例如，在今天的美國社會用階級來反
映社會經濟結構已經不可能，因爲馬克思時
代的下層階級在美國已經不存在（參考書目
13，pp.386～399）。但是這並不等於階級分析
方法不再適用於美國。如詹明信認爲美國人

之所以服服貼貼接受當今後現代文化的「處
理」，是因為從中獲得了補償感，這種補償
感就是烏托邦衝動（例如，當今社會無處不
在的廣告宣傳就抓住了人類嚮往美好未來的
這種古老情感），而烏托邦從本質上是種階
級意識，源於被壓迫階級的集體團結觀，以
爭取無階級社會的美好未來。而後現代社會
正是利用了這一點來達到疏導公衆的危險衝
動，消除階級對抗的目的。詹明信認為，他
這種新的階級觀發展了傳統的馬克思主義理
論，拓寬了馬克思主義的應用範圍（參考書
目14，pp.287～291）。

　　詹明信的階級理論是否和馬克思主義傳
統理論相吻合，他這種提法是否恰當，留待
後面再談。顯而易見的是，他把馬克思主義
階級觀的核心階級鬥爭只是作為馬克思階級
理論的起源而予以保留，但在文本分析時卻
並不觸及現實階級鬥爭的具體表現。誠然，
馬克思時代的大規模階級衝突今天在歐美已
很少見，但階級及其相互鬥爭仍然存在，詹

明信對此並不否認，文藝批評的任務就是使這些鬥爭在文本中顯露出來，僅此而已（參考書目12，p.146）。這其實是詹明信理論的一個特徵，即把馬克思主義理論牢牢限定在文本分析範圍之內，而不像馬克思本人主張的理論和實踐相結合，爲社會實踐服務。詹明信稱他的這種做法是「理論上的實踐」（praxis），這大概也是他對馬克思實踐觀的一個修正吧！

　　把階級從現實社會拉到理論層面，這種做法也體現在詹明信對「歷史」的解釋上。他贊同馬克思對歷史的分析，認爲只有資本主義發展史才體現眞正的人類歷史（參考書目16，p.194）。但是，和馬克思重視客觀歷史現實不同，詹明信有意識地躲避直接介入歷史現實。他的理由是，歷史是無法直接把握的，歷史和現在的關係，就像文學創作和經濟基礎的關係一樣，都不是直接反映的關係而是要借助中介，歷史的中介就是文本。他贊同阿杜塞的觀點，認爲歷史是「空缺的

原因」（absent cause），「空缺」指的就是歷史的間接性。因此，詹明信「改寫」了傳統馬克思主義歷史觀：歷史只以文本的形式存在，要掌握真正的歷史現實，只有透過把握歷史的文本形式（參考書目14，p.35）。馬克思主義文評應當關注的，則是文本敘事中表現的歷史結構，而不是直接分析文本中的歷史現實，因為文學文本原本就不應當干預社會政治。由此可見，正如對「階級」的理解一樣，詹明信把「歷史」也從現實拉到了文本之中。儘管他反對任何超越歷史的企圖，反對把歷史只當作「歷史知識」，但同時又把歷史僅僅局限在思維過程，這是不是有些自相矛盾呢？

詹明信堅持「中介論」（mediation），認為歷史透過中介（文本）得到反映，文本也透過中介（藝術形式等等）表現現實，這是詹明信對傳統馬克思主義的又一修正。恩格斯曾要求進步作家（現實主義作家）「真實地再現典型環境中的典型人物」（參考書

目25，p.69），儘管後人對這個說法有多種解釋，但「真實地再現」等於「真實地描寫現實關係」則是毋庸置疑的。這導致早期馬克思主義文評以「反映論」為指導，不可避免地出現簡單化、庸俗化傾向。詹明信認為，文本儘管反映的是現實，但是這種經過「反映」了的現實已經變成文本現實，僅存在於文本之中。確切地說，它是文本對客觀現實的一種「反應」，而不是「反映」，因為這是一種有意識的扭曲，而不是客觀再現。即使這種非客觀再現，也隱藏在文本結構深處，受文本形式規律的支配，只有經過仔細的文本分析，對客觀歷史「重新文本化」（retextualization）才能使現實顯露出來（參考書目14，p.82）。詹明信在談到形式主義文本自足論時指出，文本自足論產生於資本主義的發展變化：前資本主義社會形態要求文學干預社會生活，文本意義及其使用價值必須具有社會功能。但隨著資本主義的發展，對文學的這個要求已經漸漸消失了，導

致文學與歷史背景的分離（參考書目11，p. 142）。這個解釋似乎也適用於詹明信對文學「反映論」的看法，尤其是後現代主義文學和社會現實的關係。

「物質化」（reification）理論是詹明信主張的又一個西方馬克思主義文藝觀。這個理論是盧卡奇根據馬克思在《資本論》中對商品拜物教的描述而提出的。馬克思認為，「商品」的獨特性就在於它會把商品生產者的社會關係變成商品關係，即以物的關係掩蓋人的關係，產生出虛假意識。但在現代資本主義社會，這種虛幻卻被當作真實，變成對物化外表的盲目相信。資產階級依靠「物化」消除商品中的生產痕跡，使現代社會「神秘」化、「模糊」化，不易顯出其中的階級關係。另一方面，商品消費者也心甘情願接受物化世界，以便無所顧忌地進行商品消費，解除內心對窮人的負疚心理（參考書目15，p.315）。詹明信認為馬克思主義批評者的責任就是使商品社會被掩蓋的生產關

係顯露出來，透過文本分析提高人們的階級意識，認清物化現象中所含的欺騙性、剝削性，從而達到揭露、批判後現代資本主義社會的目的。

三、馬克思主義文評的發展和詹明信的馬克思主義文評觀

　　本章的前兩節主要從細節上論述了詹明信對傳統馬克思主義的堅持和發展。本節將把他的馬克思主義放進西方馬克思主義文藝批評的大背景中來觀照，並從整體上對他的馬克思主義文藝思想做一歸納。

　　從歷史社會的角度入手解釋文學，馬克思並非第一人，至少黑格爾在他之前就有論述。馬克思的獨特之處在於他把文學創作、批評歸入意識形態的一個部分，統屬社會的上層建築，受社會的經濟結構所決定，這個經濟結構反映了對應於該社會生產力發展的

各種生產關係。從這個意義上來說，文學不再是馬克思之前的文人們所說的「靈感的爆發」或者「神靈的啓示」的產物，而是受社會生產力、生產關係的決定，反映人們對世界的獨特理解、對生存的獨特思考。因此，從整體上講，理解文學就是理解整個社會進程。例如閱讀莎士比亞（W. Shakespeare）的《哈姆雷特》時，僅僅局限於人物分析與情節評述，或者解釋象徵、注釋背景等等是不夠的，還應當研究《哈姆雷特》和所有與之有關的藝術的或非藝術的社會現實之間的關係，揭示這齣劇所含的意識形態，以及產生這種意識形態的社會原因（參考書目9，pp. 3～6）。

對馬克思所揭示的這個文學本質，一切馬克思主義批評家都是贊同的，並且作爲文藝批評的基礎。但是，馬克思留給後人的僅僅是這個「本質」，如何具體實施馬克思從理論的角度提出的文藝主張，一直是此後馬克思主義批評家爭論的主題。如上文所示，

庸俗馬克思主義機械地理解馬克思的觀點，把馬克思主義文藝批評歸納爲「文學文本→意識形態→社會關係→生產方式」這樣一個簡單的線性過程，把文學藝術當作被動反映經濟基礎的工具。可悲的是，在馬克思主義出現後的百年中，庸俗馬克思主義文藝觀竟一直佔據重要地位，不僅給馬克思主義本身也給文學的發展造成了很大破壞。除了本世紀三〇、四〇年代蘇聯的一些極端作法外，即使對史達林主義持批評態度的部分西歐馬克思主義美學家，在六〇、七〇年代仍然恪守著所謂「正統」的馬克思主義。如英國當代馬克思主義文評家克萊格(D. Craig)在評論一部非馬克思主義者撰寫的文學史時，就指責作者忽略文學的社會功能，文學史中見不到文學的階級性、鼓動性、黨性。這種批評如果在三〇年代是可以理解的，但和七〇年代西歐社會現實距離確實太大了。克萊格特意挑出文學史家豪（G. Hough）的一段話作爲「反歷史觀」的典型：「（文學）並

不非常精確地反映社會秩序的動盪。……但只要仔細觀察某個階段的文學，我們就會發現它依照本身特有的規律發展，這些規律具有自己獨特的關注對象，與同時代的戰爭、科技、階級活動的關係至少在一定程度上是偶然的」（參考書目4，pp.137～139)。從上文的分析中可見，豪的這段話只要正確加以理解，其實並沒有大錯，和馬克思本人的觀點也不相悖。正因為庸俗馬克思主義對馬克思文藝觀的片面理解，才造成馬克思主義和馬克思主義文評今日在歐美的困境。從這一點出發，才能更清楚地理解詹明信的政治使命感和為宣傳馬克思主義文藝觀所做的孜孜不倦的努力。

三〇年代庸俗馬克思主義文評盛行之時，德國的一批馬克思主義理論家卻在從事著另一種馬克思主義研究。成立於1922年的法蘭克福「社會研究所」從三〇年代開始從社會經濟基礎研究轉向文化研究，形成後來的西方馬克思主義的主要流派。法蘭克福學

派對機械實證的庸俗馬克思主義和教條的史
達林主義進行了批判，並在理論實踐中使馬
克思主義研究達到更深更廣的層面。在審美
領域，他們堅持文學的政治批判作用，主張
聯合一切進步力量（而不僅僅是工人階級）
對抗資本主義意識形態。這一切在當時並沒
有引起廣泛注意，直到六〇年代之後才形成
較大的政治影響。

　　詹明信的理論研究和早期的西方馬克思
主義有許多相似之處，如堅持深層次、多學
科、多角度理論探討，避免文學研究直接介
入實際生產生活實踐等。但是，西馬文評也
有不足，如盧卡奇就有簡單化傾向，這一點
在他的〈巴爾扎克的現實主義〉（1938）一
文中就很明顯。首先，在批評表現主義流派
時，他以談重大的「原則問題」為理由，很
少提及具體的表現主義藝術家及作品，難怪
阿多諾譏諷他只會空談主義，不讀實際作品
（參考書目23，p.169）。其次，盧卡奇把當時
的文學思潮分為三類，即現實主義〔高爾基

(M. Gorky)，羅曼・羅蘭 (Romain Rol-
land) 等少數幾個人〕，反現實主義以及前
衛派，而屬於文學「進步潮流」的只有第一
類。這種政治標籤式文評和庸俗馬克思主義
相差無幾。此外，盧卡奇要求作家把生活的
深層意義一覽無遺地表現出來，使讀者「一
眼就能看出」（參考書目23，pp.28～34），這
實際上把作品當成了教科書，把文學創作當
成政治宣傳。如果說盧卡奇在三〇年代持這
種主張還情有可原，二十年後仍未跳出這個
文評框框就更成問題了。五〇年代末、六〇
年代初，盧卡奇、阿多諾為現實主義和現代
主義孰優孰劣展開爭論，但這種爭論常常近
乎漫罵。如阿多諾稱盧卡奇是庸俗加說敎，
是無視文學形式的「瞎子」。請看他們對現
代表現主義詩人本恩 (G. Benn) 的一首短
詩的爭論：

哦，我們曾是自己的原始祖先。
熱帶沼澤中一簇簇的原生質。

　　生和死，懷孕和分娩

　　都無聲地產生於這些汁液中。

　　一根海草或者一個沙丘，

　　形成於風，紮根於土，

　　甚至蜻蜓的頭，海鷗的翅，

　　都顯得太遙遠，意味著太多的苦難。

　　盧卡奇認為詩歌逃避現實，描寫的是原始動物的人和社會存在的人之間的對立，頌揚的是不正常，宣揚的是反人道。阿多諾則認為詩歌表現的是叔本華（A. Schopen-hauer）式的悲嘆：個人主義愈發展，人的苦難就愈重，表現作者對現實的無法忍受（參考書目23，p.169）。這種批評其實是明顯的價值爭論，爭論的內容顯得陳舊，使用的方法也過於傳統，從一個側面反映西方馬克思主義本身也需要更新，以適應七○年代西方新的文學現實，並和不斷出現的新的批評話語進行交流。詹明信的馬克思主義文評就是在這種情況下產生的。

　　相對於歐洲而言，詹明信本國的馬克思主義文評的發展倒是對他有更加直接的影響。美國當代文評家萊奇（V.B. Leitch）把美國國內的左派文學運動分成兩個階段：三〇年代至五〇年代為「舊左派」，六〇年代之後為「新左派」，左派文學批評也就相應分為「舊」與「新」兩類（參考書目17，p. 368）。「舊左派」當然首先是傳統馬克思主義文學批評，和美國共產黨一樣，它的興盛期主要在三〇年代。針對當時美國社會的經濟蕭條和政治危機，「舊左派」重視文學和意識形態的關係，力圖透過作品分析來透視整個社會。如卡維頓（V.F. Calverton）用馬克思主義分析美國文學發展史，揭示社會矛盾的歷史作用，號召藝術家向無產階級靠攏，投身改造社會的政治運動。希克斯（G. Hicks）也注重文學產生的經濟政治背景，稱讚美國文學傳統中的「革命文學」，提出文學價值三標準（題材重大、激勵讀者、無產階級世界觀）。但是正如上文所說，這種

批評中庸俗馬克思主義傾向較重，主要關注意識形態領域，很少涉及審美分析，所以它即使對詹明信有影響，這個影響也主要是負面的。

值得一提的，反而是「舊左派」的另一個成員：「紐約知識群」（the New York intellectuals）。它指的是活動在紐約的一批文化人，大多是報刊文學評論的撰稿人，也有部分大學教授，活躍期為三〇年代末至五〇年代中期。這個知識群體儘管來自中產階級，卻對美國資產階級文化持批判的態度，其政治立場是民主社會主義，既看不上一般的大眾文化和共產黨提倡的無產階級文學，也不願意加入正統的學院式文學批評。總體上來講，他們是一群激進分子，獨立的社會「精英」，而不是革命家。他們雖然反對史達林主義，但出於反資本主義文化的需要，仍然自稱為馬克思主義者。他們吸取了馬克思主義的部分理論，把文學批評和社會批評相結合，努力透過文學評論反映當時的城市

文化、政治運動及社會倫理道德。如他們引
以爲榜樣的威爾遜（E. Wilson）雖然政治
態度有變化，但一直堅持馬克思主義文化批
評觀，堅定地批判美國社會的政治經濟制度
和意識形態。

　　「紐約知識群」和詹明信在政治態度上
有吻合之處，以「政治傾向性」（political
commitment）爲例，傳統馬克思主義文評
要求藝術家要有黨性原則，藝術要有鮮明的
階級立場，要爲無產階級政治服務，這在1934
年蘇聯作協代表大會提倡的「社會主義現實
主義」創作原則中，表達得最爲徹底。需要
指出的是，馬克思本人並不主張文學直接爲
政治目的服務，恩格斯也反對文學公開展示
政治傾向性。後來的馬克思主義美學家把
馬、恩的態度總結成「客觀黨性」（objec-
tive partisanship），即文學必須透過藝術
地客觀再現社會現實來表現作者的政治立
場，而不是靠作者本人（主觀）的說教（參
考書目9，pp.45～47）。當代英國馬克思主義

批評家伊戈頓對這個問題的看法也許最有啓
發性：既不應當用庸俗馬克思主義的政治上
是否進步來衡量一切作品，也不要完全否認
作家的傾向性和作品的立場性。正確的態度
應當是根據實際情況做具體分析，如三〇年
代的反法西斯文學理所當然必須要有鮮明的
政治立場（參考書目9，pp.57～58）。「紐約知
識群」對於這一點的態度是美國五〇、六〇
年代知識界比較典型的代表。他們既批判形
式主義文評拒絕政治追求的「清高超脫」
（quietism），也放棄了三〇年代傳統馬克
思主義文評直接介入的簡單說教。他們主張
「冷靜的傾向性」（committed yet dispas-
sionate）（參考書目17，p.110），既鮮明地
表達政治觀點，抵制批判資產階級文化對人
的侵蝕，又保持文人獨立批判的傳統，避免
介入實際政治紛爭。詹明信的批評態度基本
上也是這樣，既保持對馬克思主義原理的傾
向性，又把這種傾向性限於理論研究之中，
避免直接的社會實踐。

　　「紐約知識群」的批評方式不拘一格，
具體實踐因人而異，但崔寧（L. Trilling）
可說是這種文化社會批評的代表。他認為，
文學首先是文化現象，應當從文化的各個角
度去分析它，如形式的、審美的、心理分析
的、現象學的、文體學的等等，而不要只拘
泥於社會學研究一種方法。其次，他反對文
學逃避現實，同時也反對文學直接為政治服
務。和「紐約知識群」的其他成員一樣，他
重視文學和現實政治經濟的聯繫，不贊成
「新批評」的文本自足論。但他也同樣重視
文學的審美功能，倡導並且實踐有廣度、有
深度、嚴肅認真的文學批評。他對當代心理
分析大師佛洛依德（S. Freud）所做的馬克
思主義分析以及把心理學和社會學相結合用
於文學批評的實踐，都被後人稱為文學批評
的佳作（參考書目17，pp.82～83）。「紐約知
識群」把馬克思主義理論與社會有機結合，
在文學研究中兼顧審美批評和社會批判，研
究方法上兼容並蓄，這些無疑地對詹明信都

有一定影響。

　　五〇年代末至七〇年代初，伴隨反戰、反種族歧視和大規模學生運動的興起，美國出現了各種反主流文化以及求精神解放的組織，其中以「新左派」最為激進。「新左派」的成員多為大學生和青年知識分子，依賴的力量也是知識階層，而不是工人階級。他們尋求社會公正、文化多樣化以及個人解放，但不提倡政治革命，避開傳統馬克思主義，而轉向法蘭克福學派尋求理論支持。他們的政治、文學主張部分地體現在當代美國批評理論中，如女權主義（feminist critical theory）、黑人美學（black aesthetics）、讀者反應批評（reader response criticism）等，而初始時攻擊的主要對象就是形式主義的英美新批評（Anglo-American new criticism）。如青年教授歐曼（R. Ohmann）批評資產階級文學評論嚴重脫離社會現實，滿足於超越時空的「形式美」，文學研究被關進象牙塔與隔絕，青年學生在接受這種教育

的同時也被培養成一個小心謹慎、唯命是從
的人，以利於資產階級的統治（參考書目17，
pp.365～373）。

詹明信當時也是青年知識分子。萊奇把
他歸入「新左派」，不僅因為他們同處一個
時代，而且因為詹明信的政治追求和「新左
派」基本上是一致的。但是，詹明信和其他
「新左派」成員的區別主要還是他獨特的理
論研究。他以法蘭克福學派的馬克思主義為
基礎，對德、法的現代批評理論〔如結構主
義（structuralism）、存在主義（existen-
tialism）、心理分析（psychoanalysis）、解
構主義（deconstruction）〕進行深入的理
論探討，為馬克思主義在西方後現代社會的
存在和發展做出了貢獻。七○年代「新左
派」解體之後，左派文學批評在美國進一步
發展，呈現出了多樣化和非正統化，覆蓋面
更廣，包容性更大，被統稱為「文化研究」
（cultural studies），甚至有時左派與非左
派之間也很難區分。詹明信也融進「文化研

究」的大潮中，但他依然鮮明地表明自己的
馬克思主義世界觀、方法論，繼續實踐宣傳
馬克思主義、深入文本研究的初衷。

　　以上我們具體論述了詹明信對馬克思主
義原理的堅持和發展，並結合馬克思主義文
藝批評在歐美的發展史和對當代西方文藝批
評理論的討論，闡述了詹明信和左派文藝理
論的關係，顯示了他在西方文藝批評理論中
的位置。下面，我們將主要討論詹明信批評
理論的主要特點及這些特點在批評實踐中的
表現，透過理論、實踐相互結合的方式（這
也是馬克思主義的基本原理）來進一步展示
詹明信的馬克思主義文藝批評理論。

第三章
詹明信的馬克思主義文藝批評

一、「後設評論」：詹明信獨特的文藝批評方法

　　像其他文藝理論家一樣，詹明信首先要為自己的批評理論尋找一個立足點，即建立一套批評方法，作為自己批評理論與實踐的起點，並藉此區別於其他理論，這個方法就是「後設評論」（metacommentary）的批評概念。在近三十年的研究生涯裡，詹明信一直堅持這個概念的理論核心，並使它反映在自己的批評實踐中，「後設評論」的概念比較完整地出現在他1971年初發表的論文〈後設評論〉中。

　　首先，詹明信論述了闡釋的一個重要性質——自釋性：

　　　　要使對闡釋的討論真正有成果，出發點一定不是討論闡釋的性質，而是首

先討論闡釋的必要性。易言之，首先需
要解釋的不是如何恰當地評析某個文
本，而是爲什麼要這麼去評析它。……
也就是說，每一個闡釋都必須包含對自
己存在的闡釋，必須顯示自己的可信
性，爲自己的存在辯護：每一個評論一
定同時也是一個後設評論（參考書目
11，p.5）。

這也就是說，每一個文學評論（小到一
次文本闡釋，大到一種文學理論）都隱含有
對自我的解釋，說明以這種方式進行評論的
動機何在、原因何在、目的何在，而至於這
麼評論的方式如何、正確與否，則是處於第
二位的問題。闡釋的這種自釋性對詹明信來
說非常重要，因爲如果說每一次文本批評都
暗含對自身的批評（或後設批評），每一種
文藝理論都暗含關於自我的理論（或後設理
論），如果說這種後設批評、後設理論又佔
有頭等重要的位置，那麼大學研究者的首要

任務就是揭示出這個後設批評、後設理論，
看一看它到底隱含了什麼。

其次，詹明信提出了闡釋的目的究竟是
什麼這個問題（雖然闡釋的「自釋性」中已
經暗含了這個問題）：「換句話說，在藝術
問題上，特別是在藝術感知上，要做出決斷，
要解決難題的念頭是錯誤的。真正需要的是
一種思維程序的突然改變，透過拓寬思維領
域使它同時包容思維過程的客體以及思維過
程本身，使那些紛亂如麻的事情提昇到更高
的層次，使問題本身轉變成對問題的解決
……」（參考書目11，p.4）。

也就是說，闡釋的目的不是去追求最終
的價值判斷，不是要評判作品是「好」還是
「壞」，也不是刻意尋求問題的答案，或像
自然科學那樣解決難題，而是同時思考問題
本身和形成問題的思維過程，揭示其中隱含
的矛盾，使本來糾纏不清的東西變得明朗起
來，顯露出問題的實質，這就是對問題的真
正解決。下面這段話把這個意思表述得更加

直截了當：

> 不要尋求一種正面的、直接的解決
> 或者決斷，而要對問題本身賴以存在的
> 條件進行評論。想構建一套連貫的、肯
> 定的、永遠正確的文學理論，想透過評
> 價各種批評「方法」綜合出某種放之
> 四海而皆準的方法，我們現在可以看出
> 這類企圖肯定毫無結果（參考書目11,
> p.5）。

所謂「肯定的」文學批評指的是想竭力
挖掘文本初始意義的努力，詹明信倡導的則
是「否定」批評，是種非神秘化過程，揭示
問題本身包含的意識形態虛幻性。這種批評
方式的轉變其實並非詹明信所獨有，而是當
代西方左派文評的共同特徵，是他們和舊左
派、傳統馬克思主義文評的明顯區別，詹明
信的獨特之處僅在於使這種轉變透過「後設
評論」這個批評概念而獲得明確的表達。其
實，「後設評論」的基本道理並不新鮮：研

究一種文學批評必須站在比它更高的理論高度，深入這種批評的內部，考察它包含的各種聯繫，揭示它的理論視角的長處和局限。

但是，「後設評論」概念不僅揭示出所有文學批評的一個本質，更重要的是，它概括了一個新的理論批評模式，即詹明信的馬克思主義文評。這不僅因為詹明信的文學理論是對別家文學理論的再評論，在形式上是一種後設評論（後設評論實際上是種常見的批評形式），更因為詹明信這個概念中體現的重要原則：「後設評論……不應當被誤解為反駁別家的批評分析。非要這麼說的話，最好說它反駁的不是某種分析的內容，而是這種分析賴以存在表現的闡釋代碼」（參考書目11，pp.44～45）。

也就是說，詹明信批評分析的重點不是別家理論的「內容」，如具體解讀、分析手段、分析過程、最終結論等等，而是隱含在這些內容之後的一種「密碼」，透過解密使它顯露隱含的訊息。下面，我們具體看一下

「後設評論」具有哪些明顯特徵。

　　首先，作爲文本「解密」過程，「後設評論」把文學理論牢牢地限制在文本之內，而不像傳統馬克思主義那樣把文學批評和社會現實掛勾。詹明信對巴爾特「文本性」（textuality）概念的評論可以說明他本人對文本的偏愛。「文本性」是巴爾特堅持的一個重要的方法論概念，即認爲人文學科的各個研究目標都是一個個獨立的「文本」，相互聯結，供研究者「閱讀」、理解，傳統的研究方法則把它們做爲既存社會現實。詹明信認爲堅持「文本性」的好處是可以把分析對象化約成文本的語義、句法成分，研究其中的相互關係，而不必把它們和客觀現實相連，免受傳統之見的誤導（參考書目11，p. 18）。但作爲馬克思主義者，詹明信並不排除歷史現實因素，而是把外在的社會現實轉化爲眼前的文本形式，不再苦苦求證外界現實的複雜關係，而是集中於自己的闡釋活動本身。

　　使文學文本和客觀現實拉開距離，詹明信就可以避免庸俗馬克思主義（甚至傳統馬克思主義也時有表現）的脫離審美、主張上層建築直接反映論的傾向。除此之外，這麼做和盧卡奇等人所採用的「直接論戰」方法（open polemics）也有了區別，因為批評的目標固定在文本之中，討論的範圍限制在後設評論層面上，也就避免了使用「革命／反革命」或者「進步／反動」作為最終的價值判斷。

　　「後設評論」放棄價值判斷，便可以更加客觀、公正地對待一切文學批評理論和實踐。詹明信多次說過，文學批評的目的是為了更充分地了解文學、了解社會、了解人生，而不是為了批倒消滅某個文學主張並取而代之。一切文學闡釋在一定範圍內都有存在的合理性，既帶有時代的局限性，又從獨特角色觀照文學，具有相應的價值。不同理論各有長短，只有同一理論中的不同爭論之間才有質量上的差別，但這種差別只是強弱不

同，而不是優劣之別（參考書目14，p.13）。
詹明信的這種批評觀可以從他對瑞士語言學
家索緒爾（F. de Saussure）的態度上窺見
一斑。一般語言學家最終關注的是索緒爾的
結論，並且總想提出一個更全面的語言模式
來取代他。詹明信則更關心這個語言理論本
身的縱橫關係，尤其注意它對其他學科（文
學批評、人類學、哲學等）的廣泛影響（參考
書目16，p.39）。

　　後設評論的這種批評方針導致它的另一
個理論特點：兼容性。詹明信指出，後設評
論從不對別家之見持任何偏見，而是充分尊
重他人的學說，兼容並蓄於一身。這種觀點
和另一位馬克思主義批評家布萊希特（B.
Brecht）的看法很相似。布萊希特批評盧卡
奇眼光狹窄，只看中幾位現實主義小說家。
他認為每個文學家都提出不同的問題，做出
不同的貢獻，不一定只有巴爾扎克、托爾斯
泰才偉大，而文學批評的任務是研究每一個
具體情況下的每一個文學現象（參考書目

23，pp.70～75）。當然，任何批評理論難免有漏洞和謬見，批評家吸收別家理論的主要目的還是爲了批判。但是後設評論批判的對象並不是謬見本身，而是產生謬見的根源。依詹明信之見，把批評對象從闡釋本身轉向闡釋代碼，體現了由表到裡，從現象到本質的批判過程（參考書目11，p.45），因此，後設評論的兼容性中包含了深層次的文學批評。

後設評論的其他特徵還表現在它和傳統馬克思主義、西方馬克思主義及後結構主義的關係中。詹明信認爲後設評論的概念是對傳統馬克思主義的繼承和發展。如後設評論實踐了辯證唯物論。它要求主、客體的辯證統一，主體是闡釋者本人，客體是文學文本，後設評論的過程就是闡釋主體和文本代碼中隱含的訊息相互交流、融合的過程。而文本本身也是一個辯證統一體，包含了問題的提出和問題的解答，即眼前的文本面對的是另一文本中懸而未決的問題，並且對此做出反

應。另外，詹明信還認為後設評論觀體現了歷史唯物論，即把評論者本人和被評論的文本放入各自的歷史境況中去分析，這樣才能發現文本的眞正含義，因爲這個含義是由造成文本的歷史境況產生出來的。當然，上文已經說過，詹明信所說的「歷史」不是具體客觀現實，而是「文本化」了的歷史，後設評論概念中體現的不是歷史事實的重要性，而是歷史感、歷史觀的重要性。

　　後設評論的批評觀和西方馬克思主義的某些理論實踐方法也有相似之處，以阿多諾爲例，阿多諾的理論闡釋並不表達什麼典型的哲學見解，對文學、歷史現象的解釋也不是什麼全新的理論。詹明信認爲阿多諾思考的特點是形而上的，是一種文體性的或修辭性的「比喻」（trope），即透過分析客觀事件的「語言」而不是客觀事件本身，來表現歷史辯證意識，建立事物之間新的聯繫，從局部推向整體，從微觀延伸到宏觀，即大社會、大歷史（參考書目13，p.7）。

　　此外，後設評論觀和西方馬克思主義
（尤其是法蘭克福學派）的批判理論也有直
接關係，上一章中曾提及的「意識形態素」
的概念就是這種否定美學的具體表現。如果
說文學文本面對的是具體客觀世界，「意識
形態素」揭示的是隱含在文本之中的社會批
判的話，那麼後設評論面對的則是各家文學
理論，要批判的則是這些理論中的自我肯定
性。之所以要揭穿這種自我肯定性，因為在
它的背後隱含著對文學、現實的曲解，來掩
蓋理論自身的某些缺陷。這些缺陷說明各種
文學理論受到各自的境況所限制，表現出它
們世界觀、方法論中的局部性、狹隘性，需
要用後設評論體現的馬克思主義整體性原則
予以糾正。詹明信和其他西方馬克思主義者
一樣，相信馬克思主義的社會批判功能，認
為文學的一個主要作用就是揭露意識形態的
欺騙性。恩格斯在談論社會主義問題小說時
說，這種小說的主要任務就是「戳穿佔主導
地位的有關現實關係的傳統幻覺，動搖資產

階級世界的樂觀態度，並且最終不可避免地產生對現實永久正確的懷疑」（參考書目4，p.268）。但對詹明信來說，後設評論不僅在內容上對應於馬克思主義，而且在形式上效仿的也是馬克思主義哲學。他曾說過，作為一種批判哲學，馬克思主義和其他哲學的區別在於它不是一個自成體系的、獨立存在的並可供實證的客體，而是對現實世界的一系列糾正、批判，是對其他理論體系的再思考、再評價（參考書目13，p.365）。從這個意義上講，馬克思主義本身也成了詹明信式的「後設評論」！

當前西方社會各種哲學、美學理論層出不窮，「後設評論」只是其中有關文本闡釋的理論之一。把它放入後現代西方思潮中，可以看出兩者之間理論特徵的相似之處。詹明信曾把後現代「理論話語」的審美特徵做過歸納：這種話語不提主導見解，也不下肯定性結論，因為後現代理論不相信有「終結」或「基本」，而主張一切闡釋都是「文

本」。文本之間相互聯結，既沒有「開始」也不存在「結束」，所以價值判斷是沒有意義的。後現代理論話語真正關心的是文本、語言中隱含的「意識形態幻覺」，揭示的是其中有意識或者無意識地遭到掩蓋的成分，這些構成了後現代理論批評的目標：「所有這一切傾向於把一般的語言表述歸結為一種評論功能，即是相對於已經形成的句子來說，它在程度上始終處於第二位的關係。評論確實構成了後現代總體語言實踐的獨特領域，是這種語言實踐的一種獨創，針對的至少是上一階段資產階級哲學的自命不凡和虛幻，經過了迷信和宗教的長夜之後，這種哲學曾經懷著世俗的驕傲和信心開始宣布事情的真相」（參考書目15，p.393）。

也就是說，資產階級在揭露封建社會的迷信與宗教的虛妄的同時，自認為找到了世間的終極真理，而後現代理論語言要揭示的正是資產階級「真理」中的虛幻性。如果說各種理論話語（文本）構成的是一個個「密

碼」（code），後設評論則代表的是解密過
程（transcode），透過比較各種密碼來分析
它們各自的可信度、可行度。當然，詹明信
在這裡把後現代各種理論「後設評論化」，
這似乎有些絕對，但西方後現代思潮的基本
傾向無疑和「後設評論」是一致的。

　　「後設評論」觀是詹明信馬克思主義文
藝理論的概括，包含了他的文藝批評的幾乎
所有特徵。同時，「後設評論」觀也是詹明
信批評實踐的總結，作爲批評的準則貫穿於
他的理論實踐的始終。「後設評論」的核心
揭示的是這樣一種假設：一切理論體系都不
像貌似的那般嚴密完整，也不是它所自稱的
那樣完美無缺。把它們放進歷史的向度，把
它們與歷史現實相結合，它們就顯露出各自
的缺陷來。下面，我們來分析一下詹明信對
「後設評論」觀的具體應用，看一看它在理
論實踐中的具體操作。

二、詹明信對「後設評論」的理論實踐

作為文學理論家，詹明信把「後設評論」最多地應用於理論批評中，即分析、批判其他文藝批評理論。在近三十年的批評生涯裡，他撰寫了十餘部重要的理論著作，發表了幾十篇主要的研究論文，評論範圍涉及當代西方文論中大部分主要批評理論、文學流派及美學理論家。下面評述的是他幾次主要的理論探討，旨在透過這些探討反映「後設評論」這種馬克思主義批評方法。

首先，討論詹明信對俄國形式主義文學理論的批評，這不僅因為探討現、當代西方文論一般總以本世紀初的俄國形式主義為起始，而且因為詹明信本人研究具體文學理論流派的第一部重要的理論著作《語言的牢房》首先批評的就是俄國形式主義。《語言

的牢房》發表於七〇年代初，當時正是美國
文論界批判「英美新批評」的高潮，也正是
一大批以讀者爲研究中心的文學主張〔如，
讀者反應批評、接受美學（reception aes-
thetics）、心理分析〕紛紛出現之時。俄國
形式主義在三〇年代初就已經銷聲匿跡，直
到六〇年代初才重新引起歐美文論界的注
意，因爲它雖然和「新批評」沒有直接的影
響，但在文學基本主張上卻和後者非常相
似，所以常常被總稱爲「文學形式主義」。
在這種形勢下，詹明信把評論目標選在俄國
形式主義，其用意就很清楚了。

　　俄國形式主義興起於俄國十月革命前，
成員主要是作家、學者和青年大學生，在兩
個文學社團的基礎上展開活動，一個是以雅
克愼（R. Jakobson）爲代表的「莫斯科語
言研究會」（成立於1915年），主要進行包
括文學語言在內的語言學研究，另一個則是
以什克洛夫斯基（V. Shklovsky）爲代表
的聖彼得堡「文學語言研究學社」（成立於

1916年），主要是從事文學作品和文學史研究。二〇年代末俄國形式主義遭到蘇共越來越大的政治壓力，不久便解散了（儘管此時雅克慎移居布拉格，成立了布拉格語言學研究會繼續從事語言學研究）。嚴格地說，俄國形式主義不是一個組織嚴密的學派，即使在「文學語言研究學社」內部，各成員的研究興趣、方法、領域都很不相同，甚至有時相互之間也有分歧，導致公開爭辯。但是，俄國形式主義成員又堅持一些基本原則，在主要問題上有相似的立場，這些構成了俄國形式主義的基本內核，使它得以形成有明顯特色的理論流派。這個特色集中體現在什克洛夫斯基1917年所發表的論文〈作為手法的藝術〉中〔俄國形式主義的另一位主要成員艾肯鮑姆（B. Eichenbaum）稱這篇文章是「形式主義方法的宣言」〕。下面把此文的主要論點歸納一下，姑且作為俄國形式主義的理論特徵。

首先，文學不是來自十九世紀浪漫主義

詩人所稱的天才詩人的創作靈感，也不形成
於自身的「有機組成」，更不依賴驚天動地
的社會功能。文學是藝術手法的產物，手法
使作品成為「藝術品」，因此，文學就等於
藝術手法本身。

其次，藝術手法儘管可以千變萬化，但
它的基本作用是「陌生化」（defamiliariza-
tion）。人們受到平常機械的、習慣的思維影
響，對生活的感覺會變得麻木起來，而藝術
的目的就是要透過全新的感官表現，使人們
從麻木的狀態中震醒，恢復對事物的感覺。
如托爾斯泰在一篇小說中用一匹馬作為故事
的敍述者，從馬的視角觀察當時俄國農村的
生產關係，這就是典型的「陌生化手法」。
但這種手法並非托氏所獨有，幾乎所有作家
都使用它，只是表現的方式各不相同。因此，
「陌生化手法」就等於文學形式本身，它的
直接外在表現就是讓人們對作品的感知變得
困難，使藝術感知過程受到「阻滯」而變得
更長更複雜，這就是藝術的審美功能。因此，

詩歌（或文學）語言和日常語言的最大區別，就在於前者是一種「困難的、受到阻滯」的語言（參考書目5，pp.55～65）。

顯而易見，俄國形式主義的主張和傳統馬克思主義是相悖的。曾為蘇共理論家的托洛斯基（L. Trotsky）就指出，新的形式傳達的應當是新的社會要求，藝術感覺來自於對現實生活的感受，不存在所謂的「純」藝術。儘管藝術形式在一定程度上是獨立的，但創造它、欣賞它的主體卻是社會的產物。因此，托洛斯基將形式主義稱為「主觀唯心」，是對文字的迷信崇拜（參考書目4，p. 379）。

詹明信認為俄國形式主義陷入了「語言的牢房」，這個結論和托洛斯基的幾乎一樣，但是詹明信的分析卻和傳統馬克思主義有重大區別。儘管托洛斯基的批判相對較為客觀、溫和，但仍以「反馬克思主義」作為批判的最後結論。詹明信則不採用這種簡單化的、「外圍」的批評方式，而是深入俄國

形式主義本身，剖析它的理論內核，「徹底地穿透它，以便在它的另一端形成完全不同的、理論上更讓人滿意的哲學視角」（參考書目16，p.vii）。

首先，詹明信認爲俄國形式主義對「文學性」（literariness）的定義具有辯證性，因爲一個文學因素是否具有「文學性」，是否可以產生陌生化效果，和該因素本身並沒有關係，而完全取決於它和其他相關因素的聯繫，即它們之間的相互比較、相互襯托。因此，任何的文學因素都有可能產生「文學性」，相較之下，庸俗馬克思主義文評把文學性維繫在「生產力」或者「革命性」上反而是機械、唯心的了。

其次，「陌生化」概念具備了獨特的優點：

1. 它可以區別出文學和非文學，從而可以牢牢把握作品本身，避免文學討論滑入哲學、社會學、心理學等非文學爭論中。

2.它可以揭示作品的形式結構，把它表現爲各種手法功能的順序排列，次要手法激發主要手法。

3.它爲理解文學史提供了新的可能：文學史可以看作手法的變化史，是主要手法突然失效，被次等手法替代的過程（參考書目16，pp.43～53）。

把文學史的發展看作一個個突然的中斷，而不是傳統的變化延續，這是本世紀文學現代主義的一個普遍觀點。詹明信把「陌生化」放入社會境況中考察，認爲俄國形式主義對「新」的崇拜與現代美學思潮是一致的。現代主義認爲，人們已經被各種理論知識所困擾，和現實世界的距離拉大了，體驗不到眞正的生活，所以文學必須產生「震驚」效果，讓人恢復麻木了的感知能力。這種文學主張和當時正逐漸顯露的歷史覺悟是一致的，因此是「進步」的。此外，「陌生化」的震驚作用還具有社會批判功能，如下面這段描寫：

田間散布著一些凶猛的動物，有雌
有雄，被陽光炙得渾身發黑，埋頭於土
地，頑強地挖著、翻著。它們能發出一
種清晰的聲音，直立時現出人的面孔，
實際上它們就是人。晚間它們縮進巢
穴，靠黑麵包、水、植物根糊口。它們
使其他人免受耕作收穫之苦，因此也該
享用一些自己收穫的麵包（參考書目
16，pp.56～57）。

這裡，農民被描寫成「動物」，但這種
陌生化卻可以產生巨大的效果，使讀者從對
農民悲慘生活的描寫中感受到作者對社會現
實的批判。因此，說形式主義只可能局限於
文學形式而不顧社會內容是不全面的。

但詹明信同時指出，「陌生化」概念中
體現的歷史因素只是一個靜態觀念，雖然包
含歷時的可能，卻並不顯示真正的歷史變
化，也無法處理真正的歷時過程，因此什克
洛夫斯基的理論尚能應用於詩歌，卻無法解

釋小說，因為小說主要依靠情節，具有時間
上的延續性，本質上是歷時的，所以情節中
的「陌生化」手法無法構成小說的有機整
體，形成不了小說理論。詹明信注意到，俄
國形式主義的另一位重要成員季尼亞諾夫
（Y. Tynyanov）的理論構架中歷史感強於
什克洛夫斯基。季尼亞諾夫不單純提倡「展
示技法」（baring of devices），代之以文
學因素的「前置／後置」（foregrounding/
backgrounding）：重要的因素被突出（前
置）之後，並不完全排除次要因素，而是把
它置於後場，雙方相互觀照。這樣他就把被
什克洛夫斯基排斥在「文學性」之外的社會
因素包容進文學之內，甚至主張文學內容有
時可以決定文學形式（參考書目16，p.95）。
詹明信認為，這種觀點較為接近馬克思主義
文藝觀，但仍然指出它依然基於靜態的「同
一／差異」論，單用這種機制解釋歷史仍然
過於機械，本質上還是共時而不是歷時的。

　　此外，詹明信還指出「陌生化」概念中

的一處重大模糊：它既可指感覺過程（屬於
文本內容），又可指這種感覺的藝術表現方
式（屬於文本形式）。這種概念上的模糊導
致概念本身的不嚴密，因為一切文學都有不
同程度的感覺更新，但是卻並不一定有意在
「展示技法」。作為一種藝術表現方式，
「陌生化」當然可以作為一種文學現象的描
述，但是，什克洛夫斯基卻把它當做創作規
定，把它變成價值判斷標準，這就走到了極
端。什克洛夫斯基這麼做是由於偏愛現代主
義作品，因為後者在內容和形式上都做出各
種新的嘗試。但這種對「新」的追求卻對
「陌生化」概念有毀滅性效果：「陌生化」
手法本身也會變得「機械化」，會被讀者所
厭倦，因此也會由文學的主導因素變成次要
因素，為新的概念所替代。而作為文學創作
的「唯一」規定，「陌生化」一旦變得陳舊
了，就意味著俄國形式主義理論的垮臺，意
味著「陌生化」只是眾多文學現象之一，俄
國形式主義也只在一定的時空範圍內具有正

確性，其代表的文學規則也只是時代意識形態的一種反映而已（參考書目16，p.91）。

　　從詹明信對俄國形式主義的分析中可以看出，他的「後設評論」比傳統馬克思主義文評更加深刻、更加客觀、更側重對批評對象本身的剖析，採用的方法多為「以彼之矛攻彼之盾」，使批評對象本身隱含的理論缺陷顯露出來。同時，詹明信又不忘用馬克思主義辯證觀對俄國形式主義的理論長處給予充分肯定。「後設評論」這種理論實踐也同樣表現在詹明信對文學結構主義的分析中。

　　俄國形式主義擁有一套基本的共同信念和兩個研究社團，所以以組織形式相對集中，而結構主義則是多學科、跨國度、缺少共同綱領的一場文學運動，所以很難進行概括。但是結構主義都有一個共同起源，即本世紀初瑞士語言學家索緒爾的語言理論。他首先提出了「共時態」（synchronic）研究方法，即研究某一特定歷史時刻語言的具體結構，放棄了傳統語言學的「歷時」（diachronic）

研究方法（研究語言現象的歷史發展及其起源）。因此，語言學研究不再尋找因果關係解釋語言，而是用功能、活動、關係來描述語言。這樣，語言成分之間的相互聯繫便成了研究的主題，因為這些聯繫構成了語言成分本身。其次，索緒爾把語言分為兩類：言語表達（法文是parole）和語言系統（法文是langue），後者表明了語言符號的結構，是索緒爾語言學研究的中心。語言符號也具有雙重性：能指（聲音形象）和所指（概念），而與外界客觀事物（指涉，即refer-ent）無關。除此之外，語言符號具有「任意性」（arbitrariness），即語言成分的選擇和決定是隨意的，語言用來表達意義、進行交流的材料也可以不同。基於以上觀點，索緒爾認為符號的研究可以成為一門科學了（參考書目5，p.143）。

　　索緒爾之後，許多研究者進一步發展了他的結構主義語言學。首先取得較大影響的是法國人類學家李維斯陀。他在五○年代把

結構主義語言學方法應用在人類學，廣泛研究了各種印第安神話，並試圖建構一個神話敍事的「結構」。李維斯陀對敍事話語「語法」的揭示產生很大影響，導致了六〇、七〇年代結構主義的大發展。

在文學批評中，結構主義和俄國形式主義有許多相似之處。如雙方都力圖避免內容研究，而追求科學地揭示文學「形式」（對結構主義而言，這就是文本的結構）。因此，雙方都集中精力於文本，發掘文本內部隱含的複雜的「系統」。結構主義在揭示文學系統的運作時，也涉及到與之相關的文化現象，但一般說來，它把自己嚴格地限制在文學符號、代碼系統之內，不願涉足語言學所無法精確分析的符號外因素，如創作背景、作者生平或者諸如「意義的豐富性」等含混的概念。如果說結構主義的長處在於揭示了文學文本（或任何文化客體）運作的內部規劃的話，這個長處也蘊含了結構主義的局限：過分注重文本的共時層（即各文本共有

的一套運作系統），得出的也是無變化、無發展、無時序的靜態結構，因而忽略了文本的另一個重要向度：歷時性，即文本的歷史性、社會性，而對馬克思主義文藝觀來說，後者正是一切文學賴以存在的根本。

詹明信首先指出，索緒爾的共時觀是反歷史的，他這麼做主要因為對充斥於學術界的各種歷史觀感到厭倦，認為它們對歷史的解釋刻板而且空虛。當時這種反機械歷史主義的作法正形成風氣：美學界興起了「純詩學」運動，把外部成分排除出文學語言，如當時的俄國形式主義和稍後的英美新批評，即使歷史學本身也出現了結構歷史學研究。當時自然科學研究也出現類似的情況，研究對象從可見的獨立客體轉向相關客體間的聯繫，如當時物理學的光子、離子、場理論都近似於系統關係理論。詹明信進一步指出，哲學、美學把精神／物質、上層建築／經濟基礎的對立性轉為關係性，自然科學從研究感官轉為建立模型，這些和當時社會生活的

變化是一致的：隨著壟斷資本主義的發展，傳統的第一／第二工業、必需品／奢侈品等區別漸漸模糊，已經從單純對立變成一種結構上或概念上的差異了。但是，結構模型中的上層建築和馬克思所說的上層建築並不完全一致。李維斯陀認為他所揭示的神話結構表達了原始社會的意識形態與上層建築，所以自認為在完善馬克思主義。但既然結構主義把客觀現實從語言符號的所指中完全排除，體現在李維斯陀結構模型中的上層建築也和現實社會脫節，所以本質上是唯心的。詹明信認為他把事物的結構或系統作為事物和觀念的中介，結果陷入康德主觀唯心主義的窠臼（參考書目16，p.109）。

李維斯陀對內容的排斥還表現在他的符號理論中。結構主義的一個特徵就是注重「解碼」，因為能指和所指（或指涉）間的關係不對應，所以其中隱含多種意義。李維斯陀因此認為結構主義以及馬克思主義在這點上是一致的，因為馬克思主義也是「地質

學」（即透過表面現象挖掘深層結構，揭示
事物的本質）。但是詹明信認為李維斯陀曲
解了馬克思主義，因為馬克思主義注重的是
內容本身，是辯證唯物論。結構主義對內容
的態度一是否定，二是乾脆把內容拉進結
構，以結構取代內容。當有人問李維斯陀神
話的一個個結構最終表明什麼時，他答道，
神話表現的就是神話創作過程，表明的是創
造出神話的「精神」。另一位法國結構主義
批評家托多洛夫（Z. Todorov）也說，阿拉
伯神話《一千零一夜》的內容就是故事講敘
本身（參考書目16，pp.195～199）。詹明信指
出，這正是結構主義的通病：把內容化為結
構，把故事化為語言學單位，這和俄國形式
主義如出一轍，表現了這類批評模式的內在
扭曲。實際上，所謂的敘事的自指性（即把
語言解釋成敘事的最終內容）確實存在，但
要把它放在歷史境況下做具體分析。這種現
象並不是一切文學固有的靜態性質，而只是
當代文學裡的一種表現手法，並且發展到某

種絕對化的程度。例如，小說家希麥嫩（G. Simenon）儘管在創作方法、作品內容上很傳統，但在一篇偵探小說中也潛意識地顯示了語言的自指性，把案件的偵破過程和希麥嫩本人寫作這部偵探小說的過程相吻合。詹明信認爲這樣解釋才有歷史性，才可以避免結構主義的片面性。

　　避開內容、排斥歷史的直接後果就是喪失了詹明信所稱的「自我意識」，即忽視研究者本人和研究客體的具體歷史境況，既不能正確解釋研究對象，也無法全面瞭解自我，只會越來越縮進自我而不可自拔。有人會說，結構主義並不缺乏自我意識，因爲它研究的就是「人」的語言。詹明信則認爲，結構主義排斥歷時研究，所獲得的共時態語言模型之間沒有必要的內部聯結，結果只是數學公式或者圖表結構，揭示不出自我的真實存在，所以他把結構主義稱爲「產生不出自我意識的自我意識」。有些結構主義者曾經試圖把「指涉」拉入符號、結構之中，以

使結構主義擺脫這個困境。但詹明信認為這
並不能解決問題。馬克思主義認為，語言和
符號的最終位置在社會生活，抽象的語言是
不存在的。任何語言系統、語言行為，語言
理論都應當是具體的，和歷史這個整體中的
其他成份相聯繫的。馬克思主義主張共時加
歷時，既重視各系統間的相互關係，也研究
各系統內的發展變化。結構主義要走出困
境，只有放棄康德式的靜態描述思維範疇的
作法，運用辯證法賦予結構以動態的歷史感
（參考書目16，p.215）。

　　結構主義認識論中的局限還導致它在研
究方法上的自相矛盾。它的初衷是反對所有
經驗主義研究方法，倡導科學的、客觀的結構
研究。但這種結構研究最終又被結構主義當
做純經驗的研究框架，以抽象代具體、個別
代全部、以對事物的純結構經驗取代事物本
身賴以存在的具體社會歷史境況，因此最終
仍不免落入它起始時反對的經驗主義窠臼。

　　結構主義把結構和歷史現實分離的做法

招致了一些理論家的反對，其中主要的一位
就是法國哲學家德希達（J. Derrida）。德
希達用結構主義的方法對結構主義進行批
判，於是產生了後來所稱的「後結構主義」
（post-structuralism）或是「解構主義」
（deconstruction）。德希達認為，不但語言
符號和客觀事物之間存有差異，而且語言符
號本身的能指和所指也不是索緒爾所說的對
應關係。如「cat」這個符號之所以能引起一
個有關的觀念，並不是因為存在一個和它對
應的先在的固定概念，而是因為cat這個能指
引發了一系列和它相關但又相異的其他能
指，這些差異構成了cat的獨特的意義所指。
換句話說，一個能指所涵蓋的其實是無數和
它有差異的其他能指，這些差異組成了一個
個意義的「痕跡」（traces）積澱在這個能
指之中，使它具有無數潛在的歧義，這些歧
義便構成了這個能指的實際所指（參考書目
8，pp.127～134）。從這個意義上說，資產階
級所謂的「真理」、「中心」只是形而上的

假象，不可能獨立存在於充滿差異的文本之內。德希達用同樣的方法「消解」了結構主義的「結構」：純粹的結構建立在「中心」之上，依賴中心進行運作，展開結構的「自由遊戲」（freeplay）。但這個中心同時又把結構的「自由遊戲」限定在一定的範圍之內，並且本身不受「自由遊戲」的影響。因此結構的中心既在結構之內也在結構之外，既屬於又不屬於結構整體，既是又不是結構的中心，而沒有中心的結構在客觀上是不可能獨立存在的（參考書目5，p.231）。

　　詹明信認為：德希達反絕對所指的態度是政治性的，他對西方資產階級形而上傳統的攻擊和六〇年代左派運動有密切關係。從價值論的發展歷史來看，馬克思對金錢、商品的分析，佛洛依德對力必多（libido）的分析，尼采對倫理的分析，以及德希達對書面語的分析正好對應於馬克思揭示的交換機制發展四階段：簡單交換、高級交換、抽象交換、絕對交換。與此相對的則是資產階級

竭力隱藏價值痕跡的過程：從抹殺勞動中的價值痕跡一直到貶低書面語中語言的差異性。透過這種馬克思主義分析，詹明信得出結論：德希德及後現代主義的政治目的是要反對一種「被掩飾了的過程所造成的實質性結果」（參考書目16，p.181）。易言之，資產階級爲了鞏固自己的統治，維持政治現狀，總想掩飾文本的差異性，否認所指的不斷延宕，所以創造出各種超驗能指，如上帝、政治權威、文學作品、結構等等，以掩飾意義的時序性、變化性。從這個角度說，德希達對結構主義的批判是對整個資產階級傳統的打擊。

但詹明信同時也指出，德希達的理論本身存在嚴重的自相矛盾。首先，他自己身處資產階級傳統之內，所用的批評術語本身就是資產階級形而上的產物，因此不可能從根本上批判這個傳統，正像結構主義者身處結構之中，看不出結構的矛盾性一樣。其次，能指／所指的二元對立是很難消除的，因爲

能指本身就和所指相關，符號也總是「××
的符號」，所以無限誇大能指的法力而不談
所指並不客觀。最重要的是，德希達把一切
現象最終歸結爲語言，用語言學來表述，把
語言作爲一切問題的終結，這不免主觀武
斷，至少是把語言、符號本身作爲一種新的
超驗能指而加以崇拜，結果和舊形式主義一
樣，只會陷入語言的牢房而不可自拔：

> 德希達的哲學語言順著自己觀念
> 牢房的圍牆向前摸索，從牢房内部描述
> 著這個牢房，但又似乎把它説成只是一
> 種可能的世界，而其他的世界又想像不
> 出（參考書目16，p.186）。

這段話不僅說明德希達學說的自相矛
盾，而且隱喻德希達本人也如盲人摸象，只
會以偏概全，是無法得出客觀眞實的。

作爲文學理論家，詹明信自然偏重文學
理論，對文學理論進行評析是「後設評論」
的主要任務。同時，詹明信也同樣對某些文

學流派進行過類似的馬克思主義文本分析。文學流派固然和文學創作關係更密切，但和文學理論也有一定聯繫，有時兩者甚至融爲一體。更重要的是，從某種意義上講，文學流派和社會文化現實的關係更加直接，這一點在詹明信對後現代主義文學的批評中最明顯。但是詹明信早期對文學流派的關注則主要表現在現實主義和現代主義的爭論中。

　　作爲一種文學現象，現實主義起源於十九世紀三〇年代的法國。當時有些文學家對佔統治地位的浪漫主義文學不滿，開始把文學創作從抒發自我感情轉向描寫現實生活，並且獲得很大成功，如巴爾扎克、福樓拜（G. Flaubert）。現實主義文學很快傳到歐洲其他國家，成爲當時一支主要的文學流派，如英國的狄更斯（C. Dickens），俄國的托爾斯泰。現實主義的創作原則就是眞實具體地再現客觀現實。現實主義雖然直接反對哲學上的唯心主義，但卻至少繼承了唯心主義的一個傳統：透過現實中的表面現象來揭示現

實社會的本質結構，這也是現實主義文學的
另外一個重要特徵。

對現實主義文學竭力加以讚揚的典型代
表就是馬克思主義美學家盧卡奇。他認為，
文學的首要任務就是眞實地把握、反映客觀
現實，所謂「眞實地」，就是要刻意揭示現
實的本質，清楚地認識並表現描寫對象的意
義所在，而不留於表面，追求瑣碎、暫時的
現象。盧卡奇所說的描寫本質，就是要求作
家在作品中不僅表達人物自身對世界的體
驗，而且展示產生這種體驗的社會力量，這
才是隱藏在個人體驗背後的眞正重要因素
（參考書目23，p.37），文學現實主義之所以
受盧卡奇的推崇，正因爲只有它才達到盧卡
奇對文學的要求。

盧卡奇對現實主義的理解比一般的定義
更爲寬廣，包括十七世紀的莎士比亞和二十
世紀德國作家托馬斯·曼（T. Mann）。確
切地說，盧卡奇讚揚的是現實主義創作方
法，而不是十九世紀的一批現實主義精典作

家。但是，詹明信認為盧卡奇對現實主義及
其創作方法的一味崇拜是有問題的。首先，
現實主義是特定歷史條件下的產物，脫離這
個歷史條件來說現實主義，把它理想化、絕
對化，甚至認為它適合於社會主義、共產主
義社會，這無異於犯了主觀唯心的錯誤。從
歷史唯物論的觀點來看，現實主義和產生它
的歷史現實一樣，是資產階級的產物，是資
本主義市場體系中的一件商品，帶有資本主
義制度的痕跡。從辯證的角度來說，正像資
本主義具有雙重性一樣（既解放了生產力，
又摧毀了真正的人際關係），現實主義也具
有雙重性：它既是真實反映社會現實的有力
工具，又是審美活動中的錯誤意識，是資產
階級意識形態在文學領域裡的反映。此外，
當代西方社會現實已經和十九世紀大不相同
（更不用說十七世紀），完整、客觀的社會
現實已經不存在，社會中只有分裂的、反常
的現實，用現實主義手法去反映這種現實已
經顯然不合適（參考書目16，p.122）。

面對變化了的社會現實，文學表現形式自然也要作相應的改變。二十世紀第一個重要的文學流派就是現代主義。一般認為，現代主義文學始於本世紀初，特別是第一次世界大戰之後的歐洲。現代主義作家盡力表現的是處在動盪年代中人的心理狀態，在當時心理學、文化人類學、自然科學的影響下，他們大量地嘗試了各種新的文學表現手法。例如，英國的喬伊思（J. Joyce）以及吳爾芙（V. Woolf）就曾大量地使用了「意識流」（stream of consciousness）的寫作技巧，把描述的重點從現實主義的客觀現實轉向人物的內心世界，著力渲染人對周圍世界的陌生感、恐懼感、無聊感。在文學主張上，現代主義最明顯的特徵就是反傳統，幾乎所有主要的現代主義作家都表示要和以往的文學傳統決裂，開創一個「新的傳統」（參考書目6，p.658）。

傳統馬克思主義文評對現代主義文學基本上持否定態度，主要因為後者是對現實的

扭曲再現，這種觀點盧卡奇表達的最為直接。盧卡奇認為，現代資本主義社會人的思維確實存在斷裂現象，但這種不正常的思維並不代表思維的主流，更不等於社會現實本身。現代主義作品喜歡抽象，或者不加分析地描寫表面現象，或者乾脆避開一切現實，縮進內心世界中。現代主義推崇表現技巧，但是技巧並不能代替生活。如電影中的蒙太奇（montage）手法確實也能產生一時的奇效，但它畢竟只是圖片式模仿生活，單維靜止，用它反映現實整體，只會產生巨大的單調感。真正的文學應該不為時尚所動，反映構成人類客觀社會的永存的現象（參考書目23，pp.35～49）。

對現代主義，詹明信還是認為要把它放進歷史當中辯證地看待。首先，現代主義表現的個人心理的扭曲可以認為是對社會現實的真實反映，因為現代資本主義社會就是一個現實遭到扭曲的社會。要表現這種扭曲、變形，傳統的文學手段已經無能為力，倒是

文學現代主義新的表現手法更加適合。從這個意義上說，現代主義並不「頹廢」，而是和革命文學表現同樣的內容（同樣的歷史感受和政治關注），只是表達的方式不同罷了。因此，詹明信認爲不妨把現代主義稱爲「隱藏的現實主義」，即它是對現實主義內容表現方式的否定，卻用另一種方式把生活內容保存在文學作品之中，是一種更高層次的內容表現形式。現代主義確實像盧卡奇所說的那樣是種意識形態誤導，有意把讀者從社會歷史引回純形式純體驗，但這種誤導又不像盧卡奇說得那麼簡單。它確實企圖中和讀者的社會政治衝動，代之以純形式審美活動做爲補償，但這麼做首先必須喚起這些衝動，所以現代主義並不缺乏生活內容（參考書目14，p.266）。

詹明信在進行文學理論、文學流派評述的同時，不可避免地要涉及理論家、文學家個人，這也是「後設評論」另一個重要的領域。詹明信的理論實踐涉及大量理論家，但

較為集中全面地進行分析的並不很多，佛洛依德就是其中之一。佛洛依德是奧地利心理學家，十九世紀九〇年代開始疫病研究，逐漸形成心理分析理論。本世紀二〇年代初，他提出大腦經驗三層結構理論：意識、前意識（即未被壓抑的潛意識）、被壓抑的潛意識，潛意識中的欲望和欲望壓制機制達成妥協，透過精神症狀、夢、笑話等形式使欲望在無意識中間接地獲得表達。此後，佛洛依德又提出了「自我心理學」（ego psychology），把欲望作為「本我」（id），意識作為「超我」（super ego），主要研究作為中介的「自我」的防禦、協調機制。他對文學的研究並不多，主要表現在早期的釋夢理論和兒童性心理對人格發展的影響，如把「戀母情節」（Oedipus complex）用於分析古希臘悲劇《奧底帕斯王》。儘管有些人反對把文學闡釋歸結為幾個潛意識主題，但佛洛依德心理分析方法在二十世紀文學研究中確實具有極大的影響。

　　詹明信似乎對佛洛依德心理學情有獨
鍾，其原因和某些西方馬克思主義者一樣，
認為馬克思主義側重社會歷史分析，佛洛依
德注重人的心理，把兩者有機結合，各取其
長，正好是文學研究必不可少的兩大方面。
詹明信反對庸俗馬克思主義把心理分析稱為
「唯心主義」，認為它揭示的是人的意識受
外界因素的影響、控制，所以它是唯物的，
和馬克思本人對意識的揭示（即人的意識受
社會存在的決定）是相通的（參考書目11，p.
105）。要正確評述當代心理分析的發展，首
先應當把它看作是一種文化歷史現象。詹明
信認為，佛洛依德學說反映出西方意識在整
體上發生了新的重大變化，舊的自足理性意
識開始解體，主體也不再是理性的、自足的
封閉體，而是時刻受到外在異己力量的支
配、控制。從這個意義上講，佛洛依德心理
學具有深刻的政治歷史含義，從整體上反映
了壟斷資本主義對現代人的意識的巨大影
響。隨著資本主義的發展，人和社會不斷被

資本改造成一種工具，人的經驗不斷受到物化，人的心理、意識也在這個過程中不斷瓦解、分裂，傳統的人際關係、文化事件、社會形式不斷被打破，形成新的機制。那些被打破的舊關係反過來又形成某種半自足體，作為對物化造成的非人性體驗的補償。正是在這種情況下，家庭、個人、性等才成為半自足體，帶上了明顯的象徵意義，成為可供分析的對象（參考書目14，pp.62～64）。

但是，文學批評中的心理分析也存在不足。它把文學文本和人的潛意識、兒童性心理相聯繫固然有些牽強，在把純粹是個人的體驗轉化成文學所具有的公眾性方面就顯得更加困難。但詹明信似乎並不願意為此而責怪佛洛依德，因為佛氏的心理模型只是對思維結構的一種比喻，要揭示其中的政治含義，把它和社會歷史相聯，是批評家的責任。正因為語言和思維都是社會的產物，所以恰當地使用心理分析肯定會有助於文本分析和文學賞析。

三、詹明信的馬克思主義文藝作品分析

　　詹明信的文學研究主要集中在理論領域，基本上沒有對文藝作品進行過單獨的探討。但是，他在「後設評論」理論實踐中，在對各種理論流派、文學評論家及文學流派的比較研究中，不可避免地要觸及具體的文藝作品。實際上詹明信對具體文藝作品的評述貫穿在他整個理論實踐的過程裡，是他的馬克思主義文藝理論的一個重要組成部分。這些作品分析雖然不如他的理論研究深入系統，但仍然從整體上反映出他的獨特的馬克思主義批評方法，是對他的理論體系的極好補充和襯托。

　　首先，我們看一下詹明信對貝多芬奏鳴曲所做的評論。詹明信的這段評論並不是直接針對貝多芬的，而是對阿多諾音樂理論的

評論，所以也屬於「後設評論」範疇。但是，和通常的「後設評論」略有不同的是，詹明信對阿多諾的評論中解釋、讚揚的多，很少揭示阿多諾理論本身存在的「局限性」。這種對阿多諾的袒護至少可以歸結爲這樣一個原因：兩位批評家的許多觀點、方法非常接近。阿多諾和詹明信一樣，把馬克思主義的基本原理作爲自己的理論基礎，同時又對傳統馬克思主義做了重大修改，形成了獨特的「否定美學」。阿多諾本人有意識地把自己的哲學、文藝學批評集中在「理論實踐」的範疇，即使在動盪的六〇年代也避免和社會政治運動發生直接接觸，這種研究立場和詹明信的馬克思主義批評方法也有明顯的相似之處。

阿多諾的研究範圍比較廣，除了哲學、文學、社會學之外，還涉獵音樂理論，他在《新音樂哲學》一書中便論及德國音樂大師貝多芬（L. van Beethoven）。貝多芬在音樂界的地位雖然未必可以和莎士比亞在文學

界的地位相比擬，但也是世界公認的二、三
位音樂巨匠之一。1770年生於德國，十七歲首
訪當時歐洲的音樂中心維也納，拜會了當時
的音樂權威莫札特(W. A. Mozart)，後者對
他的音樂天賦極為賞識。五年之後貝多芬又
一次去維也納並終生留住那兒。他的作品包
括九首大型交響樂及三十餘首鋼琴奏鳴曲，
其中的第九交響樂在1824年首演時獲得極大
成功，而當時貝多芬已經耳聾，背對著觀眾
竟沒有覺察到全場的掌聲，直到有人把他轉
過身，他才「看」到觀眾的熱烈反應。貝多芬屬
於古典音樂時代，但從十九世紀初起，他的
創作便逐漸偏離古典傳統：他的作品從抒情
性向渲染性發展，起伏增大，對比度加強。
他還著手改造古典交響樂隊，加入新的器樂
組合。這一切都為即將出現的浪漫主義音樂
作了準備。他增加了奏鳴曲的演奏技巧，使
用新的篇章結構，使原來的表現形式更
加複雜，所以豐富了奏鳴曲的情感表現能力。
　　對於貝多芬這樣一個音樂奇才，一般的

音樂評論家往往把他的成就歸之於他的非凡的想像力、個人的音樂天賦，以及維也納這個歐洲樂都的優秀音樂傳統和音樂氛圍。這些當然都是造就貝多芬的重要原因，但單憑個人因素或者純粹的音樂傳統仍然不足以解釋貝多芬出現的必然性。對阿多諾來說，他關心的問題是：爲什麼十八世紀的奧地利會出現一批卓越的音樂家，會成爲當時歐洲古典音樂的中心，爲什麼貝多芬會產生在維也納。維也納的確具有古典音樂的優良傳統，有一流的劇院、優秀的音樂家及高素質的聽衆，但這些還不是產生貝多芬的最終因素，因爲至少歐洲其他城市（如德國的漢堡、法國的巴黎）也擁有類似的外部音樂條件。阿多諾認爲，是當時奧地利的社會歷史境況才孕育出貝多芬這樣的一批音樂大師。

音樂和邏輯實證中的數字技巧起源於維也納，這一點並非偶然。維也納知識界偏愛數字遊戲，就像是咖啡館裡的人偏愛下棋一樣，其中當然有社會原委。這段時期奧地利

知識界的生產力持續上升，達到了高度資本主義所具有的技術層次，而物質力量卻落後於這種發展，由此而產生的對數字的過剩的能力便成了維也納知識分子的象徵性成果。如果他想加入物質生產的實際過程，他就得去德意志帝國謀個職位。如果他待在國內，他就當個醫生、律師或者從事數字遊戲，作為財力的象徵。這就是維也納知識分子自我證實的方式，也是他向別人證實自己的方式（參考書目13，p.7）。

　　詹明信認為，阿多諾的這段評述體現了馬克思主義的藝術觀，因為他既辯證地看待歷史變化，把歷史時刻表現為主／客觀之間的瞬間關係，是個人意識和產生這種意識的社會存在相互作用的結果，又注意歷史各階段間的相互比較，同時，再把以上共時、歷時兩方面的變化相互聯繫，得出歷史階段的獨立性及依賴性，進而從整體上把握這個階段的特徵。

　　縱觀歐洲的時代結構，可見當時歷史的

自由度最大，體現在舊的社會秩序剛剛被打破，而新的社會風範還沒有形成嚴格的、刻板的陳式。具體地說，在拿破崙（Napoleon Buonaparte）的主宰下，歐洲的舊封建體制基本解體，但新的中產階級政治經濟制度尚未定形。拿破崙本人的統治風格便是舊封建帝王殘存的價值觀和後來的中產階級政治家的混和體，使他既不像十六、十七世紀的極權帝王，也未達到二十世紀資產階級政治家的風範。貝多芬時期的古典主義音樂的發展也和這段歷史轉折時期的大背景基本一致，上承歐洲大陸文化大潮的末浪（例如文藝復興、巴洛克藝術），下接現代主義的初潮（如多樣的藝術表現手法、對純藝術的追求）。

在這種歷史氛圍之下，貝多芬音樂創作的內容和形式都和以上的歷史結構相對應。他在作品中表達的內容自不必說（如大型交響樂的內容就和時代政治密切相關），作品的形式也反映了歷史本身的發展。他的音樂在主旋律和深化展開之間，在一種新的更豐

富的主觀感受和這種感受在形式上的逐漸表
現之間，達到了一種不穩定的平衡。他擺脫
了十八世紀簡單機械的音樂陳式，這種陳式
以封建領地宮廷樂隊的演奏爲代表，在器樂
搭配演奏技巧上都不可能眞正表現個人的全
部感情，如他的前輩莫扎特。但貝多芬的樂
曲也沒達到極端的自足性和豐富性，例如，
以十九世紀末俄國作曲家柴可夫斯基 （P. I.
Tchaikovsky） 爲代表的主觀作曲家。他的
樂曲中既富於表現性，又具有功能性，既自
成一體，又含即將出現的種種複調變奏法。
但這些暗含的次聲部的發展又相互獨立，有
各自的意義，和浪漫主義後期的變奏曲又有
區別。總之，貝多芬的奏鳴曲就是這麼一種
獨特的、短暫的歷史現象(參考書目13，pp.39
～40) 。

　　詹明信注意到，貝多芬音樂中的內容和
形式的這種關係在文學中也有類似的表現，
如十九世紀俄國作家托爾斯泰。俄國中產階
級文學發展相對較遲，所以十九世紀俄國小

說的發展自由度更大，主題的發展幾乎不受
限制，不像英、法的小說家背著狄更斯、巴
爾扎克的傳統包袱。同時，俄國小說家又直
接接觸歐洲小說發展的最新潮流，把最新的
表現手法和俄國現實素材相結合，所以俄國
小說雖然起步比較遲，卻後來居上，湧現出
托爾斯泰等一批大家。

　　詹明信對阿多諾的這種馬克思主義文藝
分析方法很欣賞，認為這種分析反映出了歷
史發展的內在邏輯，因此把它稱為「歷史比
喻」。所謂「歷史」，是指這種比喻一反舊
的靜態分析傳統，而出自一種新的、歷史的、
辯證的意識。這種新的意識就是馬克思的
「上層建築」觀，從上層建築、經濟基礎的
整體角度去把握事物，同時兼顧形式／內
容、內部／外部、作品／社會，既尊重事物
的獨立性，又防止孤立研究的片面性：「這
種思維方式承認有必要超越具體研究的局
限，同時又尊重作為獨立存在的客體的完整
性。它在本身結構上必須做到由內及外，從

單個事實或作品推向它背後更大的社會經濟現實。」（參考書目13，p.4）

　　詹明信認為，透過阿多諾的這種辯證思維，可以把現實社會無法解決的實際矛盾在思維層面上予以解決，因為它使孤立的事物之間建起了聯繫，突然之間揭示出一個新的「整體世界」，使偶然性變成了必然性。這是一種物質和精神的暫時統一：精神現象在現實中具有了物質性，而原本無意義的歷史事件也突然具有了精神，這種精神和現實的結合使思維本身達到了更高的層次。

　　詹明信的「後設評論」主要是對別家文本評論的再評論，如以上就是對阿多諾音樂理論的批評。但是，「後設評論」並不是一種超脫的理論，並不僅僅只對對象文本評論進行簡單的歸納評判，而主要是一種比較研究，比較的一方是別家的理論，另一方則是詹明信本人的批評立場，雙方批評的對象都是同一個文本客體。如以上對阿多諾音樂理論的分析，就是基於詹明信本人對貝多芬和

歐洲古典音樂文本的具體闡釋之上進行的。
因此,「後設評論」一般包括兩個步驟:重
新建構對象理論的批評客體(即用自己的馬
克思主義批評理論建立批評客體的新的文本
模型),然後以這個新的文本模型為依託,
對對象理論進行再評論。在批評實踐中,以
上的兩個步驟並沒有先後之分,也沒有明顯
的區別,而是交錯在一起,貫穿於「後設評
論」的始終。在以上對詹明信理論實踐的討
論中,我們主要闡述的是「後設評論」的第
二個步驟,如詹明信用自己對貝多芬的理解
來評析阿多諾對貝多芬的理解。現在我們來
看一下「後設評論」的第一個步驟,即詹明
信對文學文本的直接重新建構,從中可以窺
見他是如何把馬克思主義研究方法用於具體
的文學文本批評之中。我們以他對康拉德
(J. Conrad)的批評為例。

　　康拉德是二十世紀英國小說家,曾長年
在海上作水手,有不平凡的生活經歷。他的
小說多為描寫航海,充滿異國情調。但康拉

德之所以為現代讀者所喜愛，並非僅僅因為
他的海上歷險故事，他擅長表現人的內心世
界，揭示現代人的孤獨感、恐慌感、陌生感、
負疚感，透過人和環境的衝突來挖掘人的內
心，並透過這種挖掘展現對現代人的困境的
一種洞見。

《吉姆老爺》（*Lord Jim*）是康拉德
的一部重要作品。吉姆是「帕特納」號船的
大副，一個年輕的理想家，嚮往能有機會證
實自己的勇氣和能力。這個機會終於來到：
在「帕特納」號眼看要沈沒時，船員們置一
船乘客的性命於不顧，紛紛擠上救生艇逃
命。吉姆先是厲責他們這種不負責任的舉
動，但最後卻曲服於對死亡的恐懼，也身不
由己地跳上了救生艇。雖然最後船沒有沈，
乘客也都獲救，但吉姆為自己的行為深感羞
愧，便遠走他鄉，隱姓埋名，來到一個叫「帕
圖柵」的地方作事，並且做得十分出色，被
當地人尊稱為「吉姆老爺」。但吉姆仍然常
常為自己過去的行為而自責，在一次強盜洗

劫村莊時，他不願再次逃走，並挺身承擔起
責任，雖然最後被槍殺，卻泰然自若，心中
感到了真正的寬慰。

許多文學評論家注意到，《吉姆老爺》
的敍事風格上有一個比較明顯的「轉變」：
前半部分描寫吉姆在「帕特納」號船上的經
歷，表現手法基本上屬於當時的現代主義文
學主流，而後半部分描寫他在「帕圖柵」的
經歷卻帶有明顯的傳奇色彩，線性的敍事手
法更像傳統的現實主義。英國著名批評家李
維斯（F. R. Leavis）因此認為小說的後半
部寫得糟糕，對整個故事發展不起作用，而
且有損小說的主題。詹明信則從客觀、主觀
上進行了更加細緻的分析，認為這種風格的
不和諧是有其存在的合理性和必然性的。

《吉姆老爺》的寫作時代處於以狄更
斯、巴爾扎克為代表的經典現實主義已經基
本消亡，喬伊思、艾略特等經典現代主義作
家即將出現之際。但詹明信認為，從現實主
義到現代主義的過渡不是簡單的直線發展過

程。這種「主義」的更替體現的其實是文化現象，而文化現象的演變比較複雜，是一種由量變到質變，內部充滿各種矛盾鬥爭的過程，而不是一種現象突然取代另一種現象。隨著現實主義逐漸退出文學舞臺，取而代之的是兩種截然不同卻又相輔相成的文學（或文化）現象，即以現代主義為代表的所謂高雅藝術和以通俗文學為代表的大眾文化。這種取代即使在巴爾扎克本人的作品中已經有所表現，如巴氏既是現實主義創作技法的代表，又是當時的「暢銷書」作家。因此，康拉德在《吉姆老爺》中把文學現代派的印象主義表現手法和「低級」的冒險傳奇揉合在一起，就不足為奇了。

康拉德繼承了現實主義傳統，旨在向讀者揭示一個真正的、實實在在的客觀世界。但是，這種揭示卻又和經典現實主義不同：它所表現的現實內容不再是外部客觀現象，而轉向內心體驗、夢境甚至幻覺，以主觀印象作為內容形式來超越素樸現實主義的寫實

性內容，詹明信把康拉德的這種內容形式
稱爲「初級現代主義」(nascent modernism)
（參考書目14，p.210）。更重要的是，這種
「初級現代主義」的內容是透過更高級的現
代主義表現手法來表現的，也就是說，康拉
德把現實內容包含在整個審美系統中，透過
獨特的現代主義審美形式予以表達。例如下
面對「帕特納」號船的描寫：

　　　從那堆沉睡的人群裡不時傳出一
　　聲輕微的、平穩的嘆息，發自於某個擾
　　人的夢境。船的深處不時突然傳出陣陣
　　短促的金屬撞擊聲，這是鐵鍬刺耳的鏈
　　擊聲，或是爐門劇烈的碰撞聲，這種聲
　　音爆發得如此強烈，好像下面那些擺弄
　　這些神秘的東西的傢伙胸中充滿怒氣。
　　與此同時，汽船細高的船身平穩地繼續
　　向前行駛，光禿禿的桅杆一動也不動，
　　在天空神秘莫測的靜謐中，不停地劈開
　　風平浪靜的海面（參考書目2，p.19）。

　　詹明信認為，這段描寫首先烘托出小說的內容，即那些「沉睡者」的道德問題，以此暗示給讀者小說的主題，即勇敢／膽怯之間的鬥爭，並要求讀者用存在的、倫理的標準去解讀它。與此同時，這段描寫又借用船的意象把所有這些「現實」凝結在語言層面上，形成一種我們稱之為文學現代派表現主義手法的語言風格，把小說內容非現實化，供讀者在純審美的層次上消費它（參考書目14，p.214）。

　　現實主義的內容在康拉德這部小說裡被現代主義表現手法所「中和」，使內容超越了古典現實主義的局限，起了形式的作用，在更高的層次上發揮了內容的作用。詹明信進一步指出，康拉德的形式同樣也起了類似內容的作用，這就是我們曾經提過的現代主義表現手法的意識形態作用。文學形式的發展並不像當代一些資產階級文學史家主張的那樣，只是新形式對舊形式的取代，形式史只是一切文學風格的堆積。詹明信主張，新

形式的出現是在審美層或想像層上對現實生活中某些具體社會矛盾的解決，這一點尤其適合於現代主義文學。在現代資本主義社會，資產階級打破各種傳統結構（如社會群體、社會制度、人際關係），重新組合成適應當代資本主義發展的更加有效的系統。在資本主義這種毀滅性的打擊下，傳統結構瓦解，在資本的基礎上得到重新建構，這就是盧卡奇所稱的「物化」過程。那些破碎了的舊結構形成一定的自足性，以補償由「物化」過程所造成的非人化體驗（參考書目14，p.63）。譬如在資本統治的社會中，傳統的感官不具備什麼交換價值，於是被打破形成半自足的感官活動，由此出現像純抽象色彩這樣的「物化」的產物，這種現象在現代主義繪畫藝術中最明顯，如表現主義、印象主義等。

正是在這個意義上，康拉德的表現手法產生了意識形態的作用，即用文學形式（半自足的感官活動）來重新表現外部世界。他

的一個典型特點是：透過一種單一感覺（甚
至是這種感覺的瞬間閃現或渲染）來表現感
官對象。這種對感知的抽象先透過感知對象
表現出來，繼而作用在感知對象本身，把它
變爲一種全新的體驗。例如，小說《颱風》
（*Typhoon*）中的這段描寫：

> 　　西沉的落日萎縮得很小，發出行將
> 熄滅的慘淡色彩，好像從早晨昇起以後
> 經歷了千百萬年的磨難，現在已經到了
> 生命的盡頭。北方顯露出一片厚厚的
> 雲，暗青色中蘊含著災難，低沉地一動
> 不動地懸垂在海面，就像航道前方的一
> 堆障礙物。……黑暗遠遠地呈現在輪船
> 的前方，猶如在陸地的星夜中看去的另
> 一個夜晚——上帝創造的宇宙之外的
> 另一個廣袤無星的夜晚，在以地球爲中
> 心的閃閃發光的空域裡，它透過其中下
> 面的一條縫隙顯露著自己可怕的紋絲
> 不動的身影（參考書目3，pp.26、69）。

　　詹明信認為，康拉德最拿手這類景象描寫，從普通色彩中提供出新的視角，展示新的地域空間，並且達到了新的深度。首先，這段描寫含有明顯的政治內容，在垂暮及黑暗中行駛的輪船象徵我們這個文明世界，正盲然地卻又身不由己地駛向象徵世界末日的那堆烏雲。但是，這種意識形態寓意又被一種陌生的審美感覺所取代，猶如夜空中出現了前所未見的星星那樣，喚出各種欲望滿足感，讀者好像突然具備了額外的感覺功能，或者好像光譜中突然出現了超凡的色彩，讓人耳目一新。詹明信認為，康拉德的這種審美形式和意識形態的關係是獨特的，雙方相互依賴、相互作用、相互加強，使藝術作品在讀者的腦海中引出一個陌生的空間，產生出一個新的奇怪的天地。由這種「純」描寫所喚起的欲望滿足感就是對資本主義物化過程產生的非人性化經驗的一種補償，這是現代主義文學審美功能之一。

第四章

詹明信的馬克思主義
文化批評

　　詹明信的馬克思主義理論實踐曾主要集中在文學領域，上一章所討論的就是這種理論實踐在文學理論和作品分析中的具體表現。但是，自從八〇年代以來，詹明信文本分析的範圍逐漸擴大，從文學文本擴展到文化現象這個社會大文本，越來越關注當代西方資本主義的新發展，探討其具體表現，從理論上加以歸納，並分析這種發展的內在原委和對當今西方社會造成的影響。

　　詹明信在文化領域的理論實踐和他在文學領域的理論實踐有一個共同的特徵，就是依然堅持他一直倡導的馬克思主義基本原理，繼續發展他本人對馬克思主義的新的理解，並把文學批評的觀點方法應用於社會批判。詹明信理論研究的這種發展在方法、內容上並沒脫離原來的理論研究框架，但把一般的文化現象納入理論研究範圍，本身就說明詹明信這麼做的用意所在：在新的歷史條件下努力為他本人（甚至整個西方馬克思主義）的馬克思主義批評理論尋找新的歷史位

置，繼續使馬克思主義成爲有力的社會分析
武器。

一、資本主義分期及詹明信的「譯碼」方法

　　詹明信文化研究的對象是當代西方資本
主義社會，旨在剖析它的歷史發展過程，導
致這種發展的最終決定因素，現代西方社會
的時代特徵和運作方式，並用馬克思主義的
觀點方法批判它的意識形態機制，分析這種
意識形態在當代西方社會中的具體表現及對
人的影響。詹明信理論視野的擴大表明，他
在努力證明馬克思主義社會批判理論的適用
性和合理性，因爲文學是文化的組成部分，
文化又是社會的組成部分，所以文學批評和
文化批判本來就應當是相互包容的。從西方
馬克思主義總體來看，文化批判和文學批評
佔有同等重要的位置，而法蘭克福學派更是

偏重馬克思主義社會批判。從詹明信本人的
理論發展來看,從文學研究到文化批評的發
展也不是什麼突兀的轉變,因為馬克思主義
文藝方法本身就把文學藝術當作社會文化現
象,強調文學現象和造成這些現象的文化政
治背景的密切關係。在前文的評述中,我們
也可以清楚地看出詹明信文學理論中包含很
重的文化批判成分。

要對一個歷史時代做出批判評價,首先
要揭示這個時代的歷史特徵,確定它在整個
歷史發展進程中的位置。對詹明信來說,這
首先是如何劃定時代的問題:這裡所說的
「時代」不應當理解為某種共同享有的普遍
風格或思維行動方式,而應當理解為共同享
有一種客觀境況,在這種客觀境況下產生出
一系列對它的不同的反應和創造發明,但這
些反應和發明又總是限定在這個境況的結構
範圍之內(參考書目12,p.179)。

也就是說,時代的劃分不應當根據諸如
「時代精神」或者「行為風範」這種抽象、

唯心的標準，而應當回到馬克思主義，用社
會歷史發展的「客觀境況」作爲依據。對資
本主義社會來說，它的社會發展就必須放入
資本發展的框架內去理解。

　　詹明信認爲，從馬克思主義的觀點看，
資本發展所造成的直接結果之一就是科學技
術的發展，而後者比前者更加直觀，因此，
他借用哲學家曼德爾（E. Mandel）的資本
──科技發展模式。曼德爾把十八世紀後期
工業革命開始之後資本主義制度下機器的發
展歸結爲三次大的突進：1848年開始的蒸氣
發動機；1890年代的電／內燃發動機；1940
年代的電子／核動力機械。機械動力的發展
和科學技術的進步是同步的，而後者又和資
本主義的發展相一致，因此曼德爾把近代資
本主義的發展劃分爲三個階段，分別對應於
上述的機械動力的三個發展階段：市場資本
主義；壟斷資本主義／帝國主義；後工業／
跨國資本主義（參考書目15，p.35）。詹明信
認爲曼德爾的資本發展階段劃分和馬克思本

人上世紀對資本的論述基本一致，而且在此基礎上對當代資本發展的形態、特點做了描述，是對馬克思資本理論的發展。和曼德爾略有不同的是，詹明信把當代資本主義稱為資本發展的最「純粹」階段，即資本在當今的發展中已經把以往與之並存的一切非資本因素蠶食殆盡，主要表現在對「自然」和「潛意識」領域的最終佔領，前者指綠色革命對第三世界農業的侵蝕，後者指新聞媒介和廣告工業對人的意識的巨大影響。

對應於曼德爾的資本發展三階段，詹明信提出西方資本主義社會文化發展的三個階段：現實主義；現代主義；後現代主義。後現代主義文化和與之對應的後工業資本主義究竟起於何時，詹明信沒有做出明確的界定，但他曾經指出，在美國二次世界大戰後，在歐洲自五〇年代以來，科學技術躍昇為主要的生產力，技術階層的興起取代了傳統的階級區分，這些都標誌了資本主義發展的新階段（參考書目12，p.46），即詹明信所稱的

「late capitalism」。值得指出的是，有些學者曾把這個術語譯為「後期資本主義」或是「晚期資本主義」，但是中文的「後期／晚期」往往帶有「末期」、「終結」以及「死亡」的含義，而詹明信的「late」中則主要包含「發展」、「變化」、「差異」的意思，這也是這個英文單詞的另一含義，即「最近的」、「最新的」，所以late capitalism實際上指的是資本主義的最新發展形態，本身便含有比較的意味，並預示進一步發展的可能性，正如late Marxism一樣，指的也是馬克思主義的最新發展。同樣，後現代主義中的「後」(post-) 也含有相似的意義。杜瑪－舍娜 (J. Tumar-Serna) 認為「post-」不應當理解為傳統批評意義裡對某一現象的階段劃分或類型劃分，而是表現對文化現象的一種批判態度（參考書目1，pp.125～126）。詹明信並不會同意她的「文化表現」說，因為他的後現代主義是資本發展的結果，但對「後」不等於一般的階段／類型劃分，詹明

信無疑會贊同的。

在討論詹明信的後現代主義理論之前，有必要提一下他的理論方法。詹明信在文學研究中使用了「後設評論」的研究方法，成為他文學理論研究的一個特色。轉向文化大文本的研究時，詹明信又提出了「譯碼」（transcode）的研究方法。當今社會各種文化詮釋層出不窮，這些詮釋都是一種「重新寫作」，用各自的詮釋代碼重新勾勒社會文化事物，詹明信用馬克思主義基本理論為指導，對這些文化詮釋「代碼」進行對比研究，揭示這些代碼的獨特之處，尤其是它們的理論局限，這就是「譯碼」。由此可見，「譯碼」方法和「後設評論」的方法基本上一樣，不同之處僅在於文本範圍的擴大。

當然，詹明信對「譯碼」理論並不是毫不擔心，因為後現代主義和馬克思主義畢竟看上去相差甚遠，把兩者結合在一起難免不遭人懷疑。前衛派批評家就把他斥為「庸俗馬克思主義者」，另有人則把他稱作為馬克

思主義的叛徒。正因為如此，詹明信在近期
的一部著作中還不得不為自己的方法辯護，
說明自己並不是在做好／壞價值判斷，而是
嚴格意義上的歷史形式分析，是對社會生活
的政治評估（參考書目15，p.298），這其實也
是詹明信馬克思主義文化批判的一個特徵。

二、詹明信的後現代主義理論

　　詹明信對後現代主義的關注，首先起始
於這樣一些思考：用現代主義描述當今西方
資本主義社會是否合適？「後現代主義」社
會是否存在？提出這個概念有什麼實際的意
義？它反映了當今西方社會的哪些基本特
徵？對詹明信來說，這些問題不是簡單的歷
史階段劃分問題，而是包含有政治、審美內
容，因為歷史階段的劃分是個歷史觀的問
題，並且不可避免地牽涉到對歷史的評價，

這正是馬克思主義和其他「主義」的區別所在。

　　詹明信認為，當今的西方社會和第二次世界大戰之前的西方社會相比發生了巨大的變化，不論是社會的組織形式、人們的思維方式、還是經濟運作、生產組織方式都進入了一個新的歷史時期。這個歷史時期的存在已近半個世紀，人們之所以對它的認識還不很清楚，主要因為對「後現代主義」這個概念的哲學涵義和社會功能研究不深，對後現代社會上層建築、經濟基礎之間的相互影響、作用的表現關注不夠。之所以會如此，是因為從現代到後現代的轉變過程中很少出現明顯可察的跡象，商品和資本對社會生活的全面佔領是在無聲無息中進行的，並在人們還沒有意識到之前就已經基本完成了。從這個意義上說，要比較全面地提出一套後現代主義西方社會的文化理論，完整地反映當代西方社會的總體發展，並非詹明信目前力所能及的，他的貢獻就在於揭示了現象，提

出了問題並做了初步的回答。

　「晚期」資本主義確實和它的上一階段
壟斷資本主義有許多不同。在社會的管理形
式上，以往的那種依賴各級政府頒布行政命
令來組織社會生活的管理方法逐漸消失，人
們已經很難覺察到國家政權對社會的直接控
制及其官僚性，儘管商品化進程無孔不入，
國際官僚的影響無處不在。在文化上，後現
代主義是對西方百年現代主義的反動，最直
接的表現就是消除了「精英」文化和大眾文
化的界線。現代主義可以說是一座座峰碑的
集合體：繪畫中的表現主義大師〔梵谷（V.
van Gogh）、畢卡索（P. Picasso）〕、小
說中的經典作家〔(喬伊思、布魯斯特（M.
Proust）〕、電影界的名導演〔愛森斯坦
（S. M. Eisenstein）〕……隨後而起的，卻
是現代主義所不齒的商業文化：偵探小說、
新潮搖滾、流行樂曲、商業影視、「文摘」
報刊、科幻傳奇、肥皂劇……科學技術的發
展也從大機器時代跨入電子訊息、生物工程

的高科技時代，大大改變了傳統的生產方式。人們的生產關係也發生了相應的變化，往日那種區別明顯、對抗激烈的階級關係至少在表面上已經消失，爲一個龐大的「中產階級」所取代。

當代西方社會政治、文化領域裡發生的這些變化引起了一些理論家的關注。他們明顯地感到當今社會和幾十年前已經很不相同，已經或者正在跨入新的歷史發展階段，因此紛紛從各自的理論視角出發爲這個新的歷史發展階段建構理論框架。如早期的理論家哈山（I. Hassan）、德希達等人便從結構主義的角度涉及後現代主義美學問題，從打破能指／所指鏈的文本理論到對西方形而上傳統的摧毀性攻擊，都體現出對上一代傳統的決裂。雖然他們不大使用「後現代主義」這個術語，但已經把它作爲一個新的時代標誌來加以讚揚了。

當然，也不乏和以上觀點截然不同的理論家。克萊默（H. Kramer）就竭力爲現代

主義辯護，讚揚現代主義經典作品表現的道
德責任感和完美的藝術表現形式，抨擊後現
代主義作品內容的膚淺和藝術水準的低劣。
他對六〇、七〇年代的政治運動尤爲反感，
認爲這是後現代西方社會世風日下的開端，
因此對昔日現代主義的黃金歲月依依不捨。
如果說克萊默從保守、反動的立場反對後現
代主義的話，哈伯瑪斯（J. Habermas）則
從「進步」的意義上否定它。他認爲，後現
代主義的反動性在於詆毀現代主義的進步
性，後者集中表現在對資產階級啓蒙運動
（bourgeois Enlightenment）傳統的繼承，
把對自由、平等、博愛的追求發展成對由資
本發展所造成的各種反人道現象的否定和批
判。而後現代主義則拋棄了現代主義的批判
傳統，表現出對現實的全面妥協（參考書目
12，pp.107～108)。

　　以上幾種對後現代主義的態度，不論是
贊同還是反對，都表現出對後現代主義這個
歷史事實的承認，至少也認爲現代主義和今

日西方社會之間存在明顯的「差異」。但
是，理論家們對如何界定「後現代主義」這
個概念意見並不一致，因爲完全可以把所謂
的「後現代主義」看成現代主義的延伸，是
現代主義創新技法的最新表現。如法國哲學
家李歐塔（J-F Lyotard）就把後現代主義
看作現代主義向更高階段發展過程中的過渡
現象，而義大利美學家塔夫瑞（M. Tafuri）
則把後現代作爲現代主義繼續頹敗的表現
（參考書目12，p.109）。

　詹明信認爲，以上對當代西方社會的各
種解釋「代碼」在一定的範圍內都有合理
性，如哈伯瑪斯對後現代主義「認同主義」
的批判就很有道理，因爲它確實基本上喪失
了現代主義明顯的社會批判功能。但是，這
些「代碼」都有一個通病：它們或多或少都
是道德評判，而在大體系中去思考，從資本
的發展和生產方式的變化來理解它的歷史必
然性（參考書目12，p.66～67）。因此，詹明
信把各種有關後現代文化的「代碼」稱爲後

現代文化的「風格」（stylistic）概念，因爲
它們揭示的都是這個文化現象的種種風格表
現形式，而他本人的「譯碼」表達的則是這
個文化現象的「歷史」（historical）概念，
即後現代主義是「晚期」資本主義邏輯發展
的必然結果，是它的文化主導形式（參考書
目15，pp.45～46）。所以，詹明信把後現代主
義概念理解爲「後現代意識」，即「在一個
已經忘卻了如何首先進行歷史思考的年代對
當代進行歷史性地思考」（參考書目 15，p.
ix）。

三、詹明信的後現代主義文化批判

　　要對當代西方社會進行歷史性思考，對
「晚期」資本主義發展中出現的後現代主義
文化做出總體上的理論描述，自然離不開對
這種文化的具體表現形式進行分析，這正是

詹明信後現代主義文化理論的重要組成部分。

　　文學作品可以說是和詹明信聯繫最近的文化現象了。後現代文學作品的一個特徵就是指涉鏈的中斷。在傳統文學中，文字符號（能指）之間聯繫緊密，形成指涉鏈，產生完整的上下文（context），形成明確的意義。後現代主義文學依靠的則是「空間」邏輯，而不是傳統的「時序」邏輯，此時聯繫指涉的「時間」消失了，作品展示的只是一串串單個指涉清晰但又聯結不成整體意義的能指群，反映出的只是「一堆堆支離破碎」的集合物。法國哲學家拉岡（J. Lacan）把這種現象稱爲「精神分裂症寫作」（schizophrenic writing），即這種寫作和精神分裂症病人的思維方式非常接近，思維中缺少過去、未來、現在之間的有機聯繫。需要說明的是，「精神分裂症寫作」只是一個比喻，指一種創作手法或者風格，和醫學臨床上所說的精神病無關。由於指涉鏈的中斷，這種

作品傳達的只是「對純物質能指的體驗」
（參考書目15，p.27）。以柏瑞爾曼（B. Per-
elman）的一首語言詩爲例：

〈中國〉

我們生活在太陽之下的第三世界。第三
號。

沒人告訴我們做些什麼。

教我們數數的人心眼很好。

總到了該離去的時候

如果下雨，你或者帶了傘，或者沒帶。

風吹落了你的帽子。

太陽還昇起。

我寧願天上的星星不把我們相互描
述；

我寧願我們自己來相互描述。

跑在你的影子前面，

每十年至少指一次天空的妹妹是個好
妹妹。

田野上都是汽車。

火車載著你飛跑。

河中的橋樑。

人們散布在寬闊的水泥地面，向著飛機

奔去。

……

　　這首詩和它的表面指涉（中國）並沒有直接的聯繫。詩人一次漫步在唐人街，見到一本有關中國的影集。他拋開影集中原來的照片說明，而把自己觀看照片的瞬時感受用詩的形式表現出來，做為對照片的新的解說。但是，這種說明指涉的是一種意象之外的意象，是另一個不在場的文本，詩的整體意義也不在詩的物質能指（詞、句等）之中。詩中指涉鏈的中斷既阻止傳統意義的產生，又為整體意義的出現提供了無數可能。如可以把它做為政治詩，比喻大陸是兩個超級大國之間的「第三號」，表現大陸人對新的社會實驗的熱情，說明他們在經歷了長期的封建主義、帝國主義之後試圖掌握自己的

命運（參考書目15，pp.29～30）。因此，這種
表徵上的不聯貫和真正的病態是兩回事，表
現的是強烈的審美快感。後現代主義作品中
指涉鏈的中斷和後結構主義美學主張的「文
本性」與指涉消亡論是基本一致的，後結構
主義認為，文本符號只指向自身，是一個
「自由浮動」的封閉體，它的實際意義是無
限的。詹明信進一步指出，指涉的消亡並不
只是符號內部的變化，而是文化本身正在變
為自指的「自足體」這一事實的反映，而這
個事實表現的又是整個西方世界正在進行中
的物化、支離化過程，是資本發展到現階段
的必然結果（參考書目12，p.197）。

　　文學藝術中的後現代主義在和現代主義
的比較中表現得尤為突出，除了上面所說的
詩歌之外，繪畫也是如此。詹明信把現代派
的宗師梵谷的油畫「一雙靴子」和沃荷（A.
Warhol）的後現代派作品「寶石灰塵鞋子」
進行對比，說明後現代藝術在外在創作形式
和內在表現內容上和現代主義藝術的巨大差

別。梵谷的畫表現的是一雙普通的農民舊靴子，一翻一正，隨意地並排放在牆角邊，鞋幫敞著，鞋舌伸出，鞋帶拖得很長，鞋底佈滿長長的鞋釘，棕色的鞋面和暗青色的地面展現出暗淡、凝重的色彩感。沃荷的油畫表現的則是一堆十來雙並排陳列的女式時裝鞋，有的上面鑲著珠粒，大部分的鞋面似乎落了灰塵。梵谷的畫面雖然暗淡卻仍然色彩分明，而沃荷的鞋面則顯得慘白，籠罩著灰色的陰影，整個畫面呈現出黑白照片底片的效果。

這種不同的表現形式傳達出不同的內容。

詹明信主張，探尋作品的意義首先要重構創作的歷史境況，把藝術作品看作是對這個境況的一種反應。梵谷的油畫所面對的是資本主義制度下鄉村的悲慘生活，使用沉重的油彩竭力渲染農村的極度貧困化，表現農人不堪田間勞作的重負，苟延殘喘的掙扎景象，在內容的深處展示了資本化進程已經把

農村變成了地獄。而梵谷把這種讓人難以忍
受的客觀現實轉化爲純油畫色彩，這是一種
烏托邦式的做法，用視覺、觸覺這些感官領
域的滿足來補償資本主義支裂化所造成的痛
苦。而油畫創作本身也在這個過程中成了半
自足體，成了資本化進程中新的勞動分工、
新的分化現象（參考書目 15，p.7）。德國哲
學家海德格（M. Heidegger）對於這幅畫
作了另一種解讀。這雙鞋子引發一連串的意
象：成熟的穀物、無際的田野、農婦沉重的
腳步、寂靜的田間小道、破舊的農舍草棚
……這些原本沒有意義的物質材料在油畫創
作這個藝術中介的作用下，具有了歷史社會
所賦予的意義。

　　不論是詹明信的馬克思主義闡釋，還是
海德格的存在主義理解，都把梵谷的這幅油
畫作爲完美的藝術佳作，追尋鞋子後面隱含
的更大的社會現實，挖掘它表達的深層意
義。但沃荷的油畫中卻找不出一點意義來。
書中的那堆鞋子和普通女鞋毫無二致，看不

出什麼特別的地方，沒有給觀者傳達什麼訊息，和尋常舊貨店甚至垃圾站中堆放的舊鞋子一模一樣，讓人「讀」不出其中的背景。沃荷本人也不是什麼大藝術家或者哲學家。他是商業廣告員出身，專門繪製時裝鞋，設計商店的展覽櫥窗，所以他原本也不打算表現什麼深刻的內容。但從另一個角度看，這幅畫和諸如可口可樂之類的廣告一樣，展示的就是商品，面對的就是商品消費者，而不是梵谷時代藝術精品的鑒賞家，因此，它至少從一個側面反映出「晚期」資本主義進程中無所不在的拜物現象。詹明信進一步指出，用馬克思主義的觀點還可以揭示出這幅畫的政治批判性：它雖然表面上具有後現代主義的膚淺特徵，但它的底片式的表現手法卻對當代資本主義具備強大的攻擊力，因為黑白色彩雖然看上去光潔優雅，也同樣表現出死亡的慘淡！如果說梵谷把現實中的苦難表現為濃重的烏托邦色彩，沃荷正相反，把燈紅酒綠的後現代主義花花世界層層剝開，

現出它層層的痛苦以及死亡感（參考書目
15，p.9）。

　　詹明信所揭示的後現代繪畫中對「晚
期」資本主義的反抗，在後現代其他文化現
象中也時有表現，後現代主義音樂就如此。
杜瑪-舍娜把當代搖滾樂和人類的原始狀況
建立起聯繫。首先，她認為搖滾樂中使用的
電聲視覺手段借用了人類原始的表現形式，
因為它注重的是口頭表達，比現代文字具有
大的、多的情感溝通能力，並以人類幼年時
代的這種野蠻文化來對抗日趨畸形的現代理
性文化。其次，搖滾樂尋求的是原始文化中
的生命活力，所以它把創作的源泉放在非洲
黑人音樂和西方鄉村音樂，並且為了保持音
樂的本色，它始終把自己和生氣勃勃、質樸
無華的青年觀眾聯繫在一起。重金屬音樂及
其表演者從一開始就把蔑視的矛頭指向傳統
的價值和權威，不管代表這些價值、權威的
是政府當局、學校家長、還是正統音樂本身
（參考書目1， pp.121〜123)。用詹明信的後現

代主義理論看，新潮搖滾樂的這種表現方式
有一種振聾發聵的效果，使昏昏然沉醉在物
質消費中的人們至少對當代社會做出一些反
思。

　　繪畫、音樂中體現出的後現代主義文化
特徵（大衆化、平凡化以及詹明信所強調的
意識形態性），在當代建築中也有相似的表
現。詹明信曾說過，他本人對後現代主義的
研究起始於建築（參考書目15，p.2），或許
因爲建築最集中體現今日西方城市化、現代
化、資本化的程度，其文化特徵的表現也比
其他文化現象更加直接、醒目。和現代主義
建築相比，典型的後現代建築確實表現出
「大衆化」。但需要說明的是，「大衆化」
指的是建築風格、建築指導思想或者說建築
的審美傾向，和建築規模、氣派並沒有必然
聯繫。如詹明信所顯示的一幢現代派建築
「公寓樓」就遠不如我們將討論的後現代
「波拿馮契」樓群看上去的宏偉氣派。「公
寓樓」是座長方形建築，十餘層高，第一層

是商業樓格式，其餘各層爲住宅樓格式，樓頂有一個蓄水塔式的建築。孤立起來看，整座建築沒有什麼特別的地方，是當今城市裡常見的那種商住樓。它的現代派風格體現在和周圍環境的鮮明對比之中：在四面破舊不堪、形象猥瑣的建築的襯托之下，它猶如鶴立雞群，表現出一副和鄙俗的環境格格不入的清高態度。在和環境的公然對抗中，它最終企圖用自己全新的烏托邦建築語言來改造、同化這個它所不屑一顧的環境（參考書目15，p.41）。

　　與此截然相反的就是「波拿馮契」建築群。它是坐落於洛杉磯商業區的一幢豪華飯店，中間的主樓近三十層，四面對稱地分布著四座各二十多層高的輔樓，五座樓皆呈圓柱體，大面積玻璃外表，樓頂端飾有現代雕塑。雖然「波拿馮契」華麗壯觀，卻並不像「公寓樓」那樣和環境形成強烈反差。它聳立在商業中心，周圍高層豪華辦公樓林立，寬闊的超級公路環繞，和周圍環境極其和

諧，並且溶入其中，共同構成一幅「晚期」
資本主義商業城市的圖景。這種和諧性還體
現在它和商品消費者的關係上面：它熱忱地
迎接每一位當地的顧客或者外來的觀光者，
充分發揮著它的商業功能，展示著它的商業
特點。

「波拿馮契」的「大衆性」不僅表現在
這些外部結構和功能上，它的內部設計也頗
具匠心，顯露出和城市生活溶爲一體的努
力。它共有三個入口處，全部設計得不露痕
跡，觀之猶如一般建築的偏門或後門，而不
像現代派大廈的入口處那樣，竭力顯示和城
市的區別。它的三個入口中的兩個設在大樓
背面的高地公園，直通大樓的第六層，往下
走一段階梯才到達電梯，乘上電梯可以下到
大樓的門廳。前門也如此，直通二樓的購物
中心，須乘電梯才能到達下面的住宿登記
處。這種設計把大樓和城市的路面連成一
體，不留意竟覺察不出大樓的出入。詹明信
認爲，「波拿馮契」意在形成一個微型城

市，融進外界的大城市之中，組成和諧的整
體（參考書目15，pp.39～42）。大樓周身鑲嵌
的巨幅玻璃除了具有裝飾功能外，也產生上
述的作用。它透過反射周圍的環境，竭力消
除大樓和外界的差別，以達到消除大樓本身
的客觀存在的目的，因為大樓的樓壁表現的
不是大樓本身，而是它的周圍環境。它不再
是大樓炫耀自己的招牌，而成了一種意識形
態手段，使大樓完全融入城市整體這個商業
符號之中。另一方面，大面積玻璃幕牆的直
接效果是表面反射，這和後現代主義文化突
出表層，反對現代主義的所謂「深刻」，也
是一致的。

　　除了詹明信之外，其他理論家也對後現
代主義建築這一文化現象用「代碼」進行闡
釋，塔夫瑞就提出了自己的建築觀，其中一
個重要的論點是：不存在「階級建築」或者
「意識形態建築」，存在的只是有關建築的
階級分析或者意識形態批評。也就是說，建
築本身只是建築，並不表現出意識形態內

容，後者只是建築批評家理論實踐的內容，
是外在於建築的（參考書目12， pp.37～38）。
詹明信以上對後現代主義建築的分析，可以
看作一種「譯碼」活動，是對塔夫瑞「純建
築」理論的分析批判。既然建築本身從內部
到外部、從內容到形式、從整體設計到局部
安排，都反映出「晚期」資本主義的特徵，
足可見建築也是一種文化現象，屬於一定社
會的上層建築，反映一定的社會現實，代表
了一定的意識形態。

後現代建築的政治性表現在它的「晚
期」資本主義意識形態中，即迎合人們的消
費需要，最大限度地發揮其消費功能。如果
說，這種後現代意識形態在建築中的反映還
不是十分顯露的話，它在當代西方社會的市
場運作中表現的可是淋漓盡致了，正如詹明
信所說，後現代社會裡最讓人滿意的消費品
莫過於市場觀念本身了（參考書目15，p.
269）。這裡所謂的市場，指的不是實際購物
的場所，而是指消費行為、消費心理、消費

觀念，所以其意識形態性不言自明了。這種
意識形態性首先表現在市場理論的主宰性
（一切政治鬥爭最終都是意識形態合法化之
爭）。在現代西方社會，人們普遍相信社會
運作的基礎就是市場經濟，沒有市場經濟的
調節，人們的交往就無法正常維持。這種
「市場符合人性」的觀點原先是資產階級鼓
吹的經濟理論，主要用來對抗史達林的計劃
經濟理論，但隨著商品化的逐漸深入，人們
不知不覺把它作爲「眞理」接受了。接受自
由經濟理論，無異於承認馬克思主義、社會
主義是錯誤理論了，所以，詹明信把市場這
個概念稱爲「意識形態素」（參考書目15，p.
264）。

　　既然市場是一種意識形態，就具有意識
形態的虛假性。它一再表明市場經濟主張的
是自由貿易、自由選擇、消費者享有最大的
自主權，但是詹明信指出，這種「自由」實
際上是很小的，或者說近乎沒有，因爲雖然
消費者可以挑選商品，但這種挑選是在事先

決定了的範圍內的選擇，因此已經沒有多少
「自由」可言了。詹明信把市場中的「自
由」和議會制的「民主」相比擬：國事由議
員們決定，議員由選民們選舉，這似乎「民
主」了，但實際上選舉的對象是事先確定了
的，選民本人對國家事務更是沒有直接的發
言機會的。從這個意義上說，市場經濟理論
的背後不乏種種政治干預，「自由」、「人
性」的概念裡隱含有醜惡（參考書目15，p.
271）。

　　市場理論之所以會在後現代社會獲得如
的成功，很大程度上要歸功於媒體的作用。
詹明信認為，市場和媒體之間愈加密切的關
係（甚至有時完全融為一體）正是後現代社
會的一個特點（參考書目15，p.275）。在媒體
（電視、報紙、廣播等）的影響下，消費者
心甘情願接受市場的引導。諸如「購物
──選擇的自由」、「快打電話，包您滿意」
這類廣告詞語已經把商品、市場觀念深深地
埋進消費者的意識之中。商品和廣告的結合

使後現代社會發生很大變化，傳統的物質／
精神；經濟／文化；經濟基礎／上層建築等
明確的區分現在至少在表現上已經模糊了，
市場銷售的物質商品和媒體宣傳的藝術形象
已經結合在一起，有時電視劇和商業廣告簡
直無法區別，不僅內容上相互穿插，使用的
也是同一畫演員。在媒體的推動下，甚至消
費過程本身也成了商品，愈加強化了商品的
意識形態影響力，使市場這個原來虛假的東
西倒眞的成了西方社會的事實存在，爲消費
者所篤信不移了。

　　市場和媒體的結合導致資本對人的意識
的巨大影響，這就是詹明信所說的資本對當
代社會最後兩塊非資本主義領域的佔領：對
潛意識領域的佔領（因此，潛意識最終也成
了「政治潛意識」）。資本攻佔的另一塊人
類最後的非資本主義領域就是第三世界農
業。六〇年代，第三世界國家出現非殖民化
運動，許多西方國家的殖民地紛紛獨立。但
與此同時，新的殖民化也開始了，這就是資

本對第三世界的全面擴張。這次資本的入侵
是以「綠色革命」為幌子的。在西方國家的
援助下，第三世界在農業生產中廣泛採用化
肥和殺蟲劑，大規模普及農業機械，改進農
作物育種、栽培技術，因此單位糧食產量大
幅增加，農業生產率大幅提高。但是這種資
本的輸出並不是「中性」的，產生的也不僅
僅是這些值得誇耀的成功。六〇年代之前，
資本主義對第三世界的滲透並沒能改變後者
的非資本主義生產關係，「綠色革命」之
後，第三世界才真正步入「資本邏輯」的階
段。隨著舊的鄉村結構和前資本主義農業形
式被逐漸摧毀，巨大的災難也開始形成：大
批失去土地的農村無產者湧進城市尋找生
路，集體耕作的傳統農民也被掙工資的農業
工人所取代，只是後者比前者更貧困。資本
的這種發展當然是一種社會進步的表現，但
造成的後果也是災難性的（參考書目12，p.
185）。

　　說到「晚期」資本的發展對第三世界農

業的影響，可能會產生一個問題：我們談論
的是後現代主義，而農業畢竟和文學、藝術
不同，不是純粹的文化現象，怎麼會和後現
代主義發生聯繫？其實，這正是資本在後現
代時代的最新表現。現代主義文化尚能保持
一種「半自足」狀態，和現實世界保持一定
的距離以進行批判。但在後現代社會，文化
的這種半自足狀態已經被「晚期」資本主義
所打破，隨之出現的並不是文化的解體，而
是文化（已被資本所滲透）的大擴展，遍及
社會的各個領域，農業當然也不例外。這時
文化由於失去了批判距離，也因此失去了它
以往的否定性以及革命性（參考書目15，p.
48）。正因為如此，詹明信才要用馬克思主
義進行「譯碼」，揭示後現代主義文化現象
中隱含的意識形態性。

第五章
詹明信馬克思主義文藝文化理論小結及其批判

　　以上各章對詹明信的馬克思主義哲學思
想、馬克思主義文本理論及馬克思主義文化
批評進行了論述，本章將對此做一歸納，並
就詹明信的馬克思主義文藝文化理論做一些
整體上的評價。

一、詹明信理論：馬克思主義和後現代結合的產物

　　馬克思主義認為，文學藝術是個重要的
意識形態工具，可以對讀者產生不可估量的
影響，儘管這種影響往往是間接的、潛移默
化的、非立竿見影的，並且需要一個相當長
的過程。從這個意義上說，文學可以塑造人
的性格，改變人的世界觀，而性格和世界觀
又可以決定人的行為方式，後者正是改變世
界的具體實踐。因此，馬克思主義文藝批評
期望透過對文藝的闡釋和再闡釋，揭示資本
主義制度的意識形態性或虛假性，恢復讀者

的政治敏感，達到批判、改造資本主義的目的。

　　詹明信對馬克思主義基本原理的堅持，根本上體現在他始終把文學（乃至一切文化現象）看作社會上層建築的一個部分。堅持經濟基礎／上層建築二元論，就必然意味著文學研究要兼顧作品的內部和外部結構，把作品和產生它的社會現實相聯繫，辯證地看待作品的形式和內容，既反對文學研究中僅僅局限在文本結構的各種形式主義，也防止走到以經濟決定論為代表的庸俗馬克思主義。詹明信相信，這樣的馬克思主義文學研究可以充分尊重文學作品的「文學性」、獨特性，又可以避免完全局限在作品本身的片面性。有些非馬克思主義文學研究（如文學社會學）也注重文本產生的具體社會境況及文學對社會的影響，但它們和馬克思主義文評的根本區別就體現在上層建築／經濟基礎這個馬克思主義的核心上。

　　但是，詹明信同時認為任何真正的馬克

思主義文藝批評並不等於機械地照搬馬克思
本人的理論學說用於文學研究。這不僅因為
會造成嚴重的後果，如庸俗馬克思主義的文
學批評實踐，而且這麼做本身也不符合馬克
思主義的唯物論原理，是典型的主觀唯心主
義表現。把馬克思主義基本原理和具體歷史
境況相結合而加以靈活運用，這並不是什麼
新鮮觀點，但從歷史的角度來看，詹明信對
發展創新馬克思主義的熱情和後現代理論話
語的發展也是一致的。後現代語言觀認為，
一切知識都經過語言的中介，是語言遊戲的
產物。由於語言符號只指向自身，沒有相應
的外延，所以任何由語言所造成的意義都是
不穩定的，隨時空而變化的。一切語言推論
只是突出了個別可能的闡釋，一旦這種闡釋
的前提稍有變化，被壓制、排除了的其他闡
釋可能性就會出現。因此，一切事實只可能
得到「局部證實」，一切真理也只具有「相
對恰當性」。詹明信對這種極端的語言理論
當然會有所保留，但他對馬克思主義採取的

態度和後現代主義真理觀是很接近的。法國
當代哲學家德勒茲（G. Deleuze）曾對真理
做過一個比喻：真理是棵大樹，它的存在依
靠的不僅僅只是一根又深又粗的獨莖，而是
一個伸向四面八方的龐大的莖網（參考書目
1，p.3）。詹明信就是把馬克思主義看作一棵
大樹，它的存在依賴的就是它的根係枝叉的
不斷發展。

　　要發展馬克思主義，就必須在繼承它的
傳統的同時對它進行更新。這麼做至少是因
為二十世紀的社會現實已經和十九世紀大不
相同，要保持馬克思主義的生命力，繼續發
揮它對人文科學研究的指導作用和強有力的
社會批判作用，就必須使它適應變化了的歷
史境況，針對新的社會現實中出現的新問題
提出相應的解決辦法。詹明信對馬克思主義
的這種辯證態度反映在他對盧卡奇的評價
上。盧卡奇是當代重要的馬克思主義文學理
論家，他對文學現象的歷史把握，對小說發
展的辯證分析，對資本主義社會物化現象的

批判，都深受詹明信的欽佩。但是，盧卡奇
的有些觀點是詹明信所不能贊同的，如他一
味推崇文學現實主義，全盤否定文學現代主
義，對文學形式、表現技法，尤其是對現代、
當代文學創作中出現的大量新的表現手段，
或者不屑一顧，或者冠以「反動」的標籤加
以批判。在詹明信看來，盧卡奇之所以會犯
這樣的錯誤有兩個主要原因，一是唯物辯證
的觀點不夠徹底，如認爲文學現代主義只重
技巧，排斥內容，而意識不到任何文學形式
（或者任何文學）都不可能不具備相應的政
治內容，作爲馬克思主義者如果看不到這一
點尤其可悲（參考書目12，p.138）。盧卡奇的
另一個不足就是意識不到二十世紀和十九世
紀社會現實的巨大差異，仍然固執馬克思主
義傳統理論，所以在新的社會現實、文學現
象面前束手無策，只好訴諸庸俗馬克思主義
簡單武斷的處理方式了。

　　爲了顯出文學形式中的政治內容，特別
是爲了揭示各種貌似「純」審美、「中性」

的文學理論中包含的意識形態性，詹明信在
文藝學研究中使用了「後設評論」的方法。
這個方法之所以重要，因為它概括了詹明信
全部的馬克思主義文學主張，集中體現了他
的批評理論的特徵，特別是他在新的歷史境
況下對傳統馬克思主義的修正。他使「後設
評論」適用於一切文藝學主張，擴大了馬克
思主義文評的涵蓋範圍，使馬克思主義文評
在後現代社會發揮出新的歷史作用。他在對
各種文本的再評論中，堅持一種嚴謹細緻的
文體、修辭風格，使馬克思主義文學批評達
到了少有的理論深度。他把後設評論的目標
從客觀現實還原成文本形式，拋開各種傳統
之見的約束，專注於細緻的文本分析。這麼
做的好處在於，他可以集中關注文本的內在
結構和自己的文本闡釋活動，而不再僅僅滿
足於簡單的價值判斷。

很難說「後設評論」（或者此後的「譯
碼」理論）受到過哪些人的啟發，但至少阿
多諾的「歷史比喻」方法對詹明信有借鑑意

義。詹明信在早期的重要著作《馬克思主義
與形式》中把阿多諾的審美理論實踐和文化
研究稱爲一種修辭比喻，即從歷史的高度對
各家之說進行形而上的思考，透過一種新的
歷史辯證意識使事物之間建立起新的聯繫，
顯現出一個新的整體世界（參考書目13，pp.
6～10）。這種批評方法也受到其他一些馬克
思主義文評家的青睞，如伊戈頓就把自己的
批評方法稱爲「修辭學」（rhetoric）。可
見這種批評方法也是當今西方馬克思主義文
化研究的一個特徵，是和傳統馬克思主義美
學研究的一個區別。

如果說「後設評論」展示的是文學文本
的意識形態性，則「譯碼」方法揭示的就是
後現代資本主義社會的意識形態性。資本在
其「晚期」發展階段以無處不在的商品形式
體現出來，由於它成功地抹去了商品中的生
產痕跡，所以把自己的眞實面貌隱藏了起
來。詹明信的有力之處在於，他透過對後現
代文化現象的分析，揭示了「晚期」資本主

義的虛偽性，並且毫不留情地告訴世人，在
你們沉湎於消費行為的同時，你們也無形中
受到資本主義意識形態的欺騙，在你們所迷
戀的商品的背後，是資本在全球範圍的進一
步統治，伴隨著後現代物質文明的，是怵目
驚心的痛苦和恐懼（參考書目15，p.5）。同
時，狂熱的消費行為本身也是一種心理渲
洩，表明在物化現象日益嚴重的西方社會，
人們在政治上感到無能為力，在經濟生產上
受到限制，只有用無節制的消費來表明自己
的存在。至於承擔不起這種消費的人，便表
現出一種冷漠症，對外界的一切（包括對他
們本人）失去了興趣，這種人在當今西方社
會並不少見（參考書目15，p.316）。

　　從這個意義上說，馬克思主義文藝理論
就不單單是分析文藝作品的一種方法，或者
是理解文化現象的一種手段，而是對社會、
歷史、人類本身的存在狀況進行的思考。它
的思考對象不再僅僅局限在審美範圍，而是
囊括了人類存在的各方面，是人類掙脫束

縛、追求自由的巨大努力的一個重要部分
（參考書目9，p.76）。這也是詹明信對馬克
思主義孜孜以求的最終原因。

二、詹明信馬克思主義理論簡析

　　詹明信的馬克思主義雖然在歐美文論界
有較大的影響，但是和其他重要的理論家一
樣，他也不乏批評者，韋伯（S. Weber）就
是其中之一。韋伯從後結構主義立場出發，
試圖「解構」詹明信的理論。他認為，詹明
信從「後設評論」入手，用馬克思主義衡量
一切文化現象，力圖在各種理論、差異的衝
突中保持一個決定意義的最終因素，這種做
法其實反映的是北美文化的自由傳統，和當
代後結構主義文本論是根本對立的。韋伯像
德希達消解西方形而上傳統那樣，認為詹明
信自相矛盾，因為「後設評論」家既置身於

物化了的西方社會之中，又要完全超越這個社會以便從整體上批判它，這從邏輯上是不可能的。韋伯指出，詹明信用大寫的「歷史」作為最終標準得出的所謂最終結論，充其量也只能是他的個人之見，同樣不可避免時代的局限，需要用歷史進行再評論。因此韋伯認為詹明信妄自尊大，是典型的「個人主義」（參考書目11，p.xiv）。其實，詹明信並沒有把馬克思主義作為終極真理，而是主張歷史地、辯證地看待它。他所堅持的是馬克思主義的基本方法，如辯證觀和歷史唯物論，而不是教條地照搬馬克思的具體學說。至於「整體性」，只是詹明信對他本人理論實踐的要求，他從沒說過自己的理論是對西方社會唯一真正的整體性認識。

　　詹明信把馬克思主義基本原理作為文化、文學研究的最終指導方法並無過錯，值得商榷的倒是他對傳統馬克思主義的修正。他把馬克思主義對歷史的理解從具體的客觀現實拉回到文本，使歷史成為「空缺的原

因」。這麼做使詹明信得以避開具體歷史現實的干擾，只從形而上的角度談論歷史和文化現象，從而避免實用主義和庸俗馬克思主義的錯誤。但是，馬克思主義的特點之一就是社會實踐性，放棄了這一點，僅僅把理論限定在「理論實踐」的範疇，割裂理論對現實的指導意義，至少等於放棄了馬克思主義的一個重要原則。過去的歷史似乎並不應當完全限於文本之中，當今的現實更非如此。脫離具體歷史現實，只談論抽象的歷史，不免會給人紙上談兵、隔靴搔癢之感。此外，把歷史和社會現實分離，而僅僅在「後設評論」的層面上去討論它，有時不免會出現偏差。例如，詹明信認為文學作品中形式和內容的關係是辯證統一的，形式是內容的投射，內容是形式的偽裝。他以海明威（E. Hemingway）為例。海明威的小說具有一種獨特的風格，這是因為他不刻意追求措詞的安排而更關心措詞所要表達的事物，因此就形成了簡潔有力的句子結構。這種句子既可

以記載外界活動，又可以傳達人的內心情感，因此詹明信認為海明威的作品不是要表達什麼切身經歷，而只是要創作出某一類句子，他的小說中最基本的事件就是形式創作本身（參考書目13，pp.409～411）。讀到這裡，人們不免會懷疑詹明信在使用俄國形式主義的語言，而後者「一切內容皆形式」的主張詹明信也曾有力地批判過。

　　詹明信對傳統馬克思主義的另一個修正表現在階級觀上。他把馬克思主義的階級分析學說只當成一種「比喻」、一種理論模式，認為現實社會中（尤其是後現代西方社會）並不見得存在界線分明的階級集團。因此他把階級理解成「階級意識」，一種個人和某個社會群體的認同感，而放棄了傳統馬克思主義具體的階級鬥爭學說。他這麼做的理由是，在「晚期」資本主義的歐美發達國家，做為實體存在的各種階級已經消亡，取而代之的是一個龐大的中產階級，即使那裡的低收入階層相對於第三世界來說也成了

「資產階級」（參考書目13，p.399）。但是，馬克思的階級概念歸根到底是意識形態劃分，並不是以簡單的經濟收入為依據的，所以說發達國家不存在階級似乎並不符合馬克思的觀點。

詹明信的馬克思主義文化批評（或者說整個西方馬克思主義理論）對當代西方社會做了深入而細緻的分析，尖銳地批判了「晚期」資本主義的虛偽性、欺騙性、殘酷性，這種批判的力度是其他文化批評很難企及的。但是，由於這種批判僅僅局限在理論層面上，有意避開和社會實踐的聯繫，所以它對資本主義社會並不構成直接的威脅。人們甚至完全有理由相信，這種現象在商品化了的後現代社會是很難避免的。摩非（J.W. Murphy）曾說過，後現代社會並不提倡使用暴力壓制不同意見，最有效的對抗手段就是除去敵對看法的引信（defuse），使它無法造成實質性的傷害（參考書目1，p.7）。詹明信本人在分析現代主義的反文化衝擊時也

說，在今日的美國，這種衝擊力已經大大減弱，只做為學院式研究或者大學課程而存在，因為一切反叛精神都會被消費社會所吸收同化，變成一種精神商品（參考書目11，p.177）。從這個角度看，詹明信本人的理論也難以避免這種結果了。

此外，詹明信的有些分析也帶有主觀片面性。如他對十九世紀文學現實主義雙重性的分析很有說服力，但據此得出結論，認為現實主義表現手法已經不適宜表現當今後現代分裂、反常的社會現實，則不免有些武斷。英國批評家高斯奧萊克（A. Gasiorek）在新著《戰後英國小說，現實主義及其他》中認為，現實主義表現手法在文學創作中並沒有過時。實際上，二次大戰之後英國不少作家使用各種新的手法來發揚現實主義的傳統，反映英國的社會現實。即使某些後現代主義作家，在批判現實主義的同時也承認，全然放棄現實主義審美觀是不可能的。

詹明信的馬克思主義理論常常被批評界

稱作「複雜的」（sophisticated）馬克思主義，意思是他的理論十分抽象，深奧難讀，這也是本書作者對詹明信要談的最後一點看法。詹明信的理論著作之所以難讀，首先是因爲它涉及許多現當代哲學家、美學家，如傅柯（M. Foucault）、拉岡，論及各種文學理論流派，如心理分析、結構主義、後結構主義，不了解這些背景自然很難閱讀他的理論著作，而了解這些背景本身就很困難。其次，詹明信的論述大多在哲學的高度展開，不僅詞彙、術語生僻，而且討論的內容也多深奧抽象。詹明信本人也意識到他的理論曲高和寡，很難爲常人理解。他的解釋是，在尋求眞理的過程中，馬克思主義必須深入各種學說進行比較研究，不經過這樣一個複雜的非神祕化過程就很可能重蹈庸俗馬克思主義的覆轍（參考書目11，p.119）。另有評論家認爲，西方馬克思主義理論大多帶有精英色彩，有意使自己的學說深奧難懂，和「通俗理論」拉開距離，以免爲俗論所中和（參考

書目24，p.41）。但正如前文所述，這種學院
化了的批評理論最終也難免成為一種文化商
品，為「晚期」資本主義社會所同化。

參考書目

1.Belok, Michael V. ed., *Post Modernism, Review Journal of Philosophy and Social Science,* vol. xv, No. 1&2 (India: ANU Books, 1990)

2.Conrad, Joseph, *Lord Jim* (London: J. M. Dent and Sons Ltd., 1961)

3.Conrad, Joseph, *The Nigger of the "Narcissus" and Typhoon & Other Stories* (London: J. M. Dent and Sons Ltd., 1964)

4.Craig, David, *Marxists on Literature, An Anthology* (Penguin Books, 1975)

5.Davis, Robert Con & Schleifer, Ronald

eds., *Contemporary Literary Criticism, literary and Cultural Studies* (New York & London: Longman, 1989)

6.Drabble, Margaret ed., *The Oxford Companion to English Literature,* 5th ed., (Oxford: Oxford University Press, 1992)

7.Eagleton, Terry, "Capitalism, Modernism and Post-Modernism", in Lodge, David ed., *Modern Criticism and Theory, A Reader*

8.Eagleton, Terry, *Literary Theory, An Introduction* (Oxford: Basil Blackwell, 1983)

9.Eagleton, Terry, *Marxism and Literary Criticism* (London: Methuen & Co Ltd., 1976)

10.Gasiorek, Andrzej, *Post-War British Fiction, Realism & After* (London: Edward Arnold, 1995)

11.Jameson, Fredric, *The Idologies of Theory,* vol. 1, (London: Routledge, 1988)

12.Jameson, Fredric, *The Idologies of Theory,* vol. 2, (London: Routledge, 1988)

13.Jameson, Fredric, *Marxism and Form, Twentieth Century Dialectical Theories of Literature* (Princeton: Princeton University Press, 1977)

14.Jameson, Fredric, *The Political Unconscious: Narrative As A Socially Symbolic Act* (USA: Cornell University Press, 1981)

15.Jameson, Fredric, *Postmodernism, or, the Cultural Logic of Late Capitalism* (London: Duke University Press, 1991)

16.Jameson, Fredric, *The Prison-House of Language* (Princeton: Princeton University Press, 1972)

17.Leitch, Vincent B., *American Literary Criticism, from the 30's to the 80's* (New York: Columbia University Press, 1988)

18.Lodge, David ed., *Modern Criticism and Theory A Reader* (New York & London: Longman, 1988)

19.Makaryk, Irena R. ed., *Encyclopedia of Contemporary Literary Theory, Approaches, Scholars, Terms* (Toronto: University of Toronto Press, 1994)

20.Murphy, John W., *Postmodern Social Analysis & Criticism* (New York: Greenwood Press, 1989)

21.Preminger, A. & Brogan, T.V.F. eds., *The New Princeton Encyclopedia of Poetry and Poetics* (Princeton: Princeton University Press, 1993)

22.Rejai, Mostafa, *Political Ideologies, A Comparative Approach* (New York: M.

E. Sharpe, Inc., 1991)

23.Taylor, Ronald, Trans. & ed., *Aesthetics and Politics, Debates between E. Bloch, G. Lukacs, B. Brecht, W. Benjamin, T. Adorno* (London: NLB, 1977)

24.蔡儀主編：《美學原理提綱》，漓江出版社，南寧，1984。

25.何洛，周忠厚等：《實踐與美學——學習馬克思主義美學論著》，書目文獻出版社，北京，1982。

26.N.C.庫列科娃：《哲學與現代派藝術》，井勤蓀、王守仁譯，文化藝術出版社，北京，1987。

27.馬奇：《藝術哲學論稿》，山西人民出版社，太原，1985。

28.李英明：《晚期馬克思主義》，揚智文化，臺北，1993。

29.劉綱紀：《美學與哲學》，湖北人民出版社，武漢，1986。

30.柳鳴九主編《未來主義，超現實主義，魔

幻現實主義》，中國社會科學出版社，北
京，1987。

31.劉叔成等：《美學基本原理》，上海人民
出版社，上海，1987。

32.《美學研究》編委會編：《美學研究》，
社會科學文獻出版社，北京，1988。

33.滕守堯：《審美心理描述》，中國社會科
學出版社，北京，1987。

34.夏放：《美學簡編》，山東人民出版社，
濟南，1984。

35.周揚編：《馬克思主義與文藝》，作家出
版社，北京，1984。

詹明信　　　　當代大師系列 5

著　　者／朱剛

編輯委員／李英明　孟樊　王寧　龍協濤　楊大春

出 版 者／生智文化事業有限公司

發 行 者／葉忠賢

總 編 輯／閻富萍

執行編輯／范湘渝

登 記 證／局版北市業字第 677 號

地　　址／台北縣深坑鄉北深路三段 258 號 8 樓

電　　話／(02)8662-6826 8662-6810

傳　　真／(02)2664-7780

印　　刷／科樂印刷事業股份有限公司

初版三刷／2010 年 1 月

定　　價／新臺幣：150 元

總 代 理／揚智文化事業股份有限公司

 ISBN:957-8637-07-1

國立中央圖書館出版品預行編目資料

詹明信＝*Jameson*／朱剛著. --初版.
--臺北市：生智，*1995*〔民*84*〕
面；　公分. --（當代大師系列；*5*)
參考書目：面
ISBN　957-8637-07-1(平裝)

1.詹明信(*Jameson, Fredric*)
　-學術思想-

810.19　　　　　　　　　*84008630*